送 给 最 喜 欢 的 你

Stories I Never Told You
再版序

偷偷爱着一个人的幸福，只有当事人自己知道

爱，有很多种。
深爱、浅爱、贪爱、痛爱、宠爱、怜爱、钟爱、过爱、吝爱、绝爱、渴爱……
而喜欢，只有一种。
在心里默默地对一个人说"喜欢"，
整颗心都变得暖暖的。
因为这种暖暖的感情，
让我喜欢听，你们喜欢一个人的故事。
让我喜欢写，你们喜欢一个人的故事。
不知不觉听到了几辈子的喜欢，
不知不觉写成了一本有关喜欢的书，
听着，写着，流的泪，也是暖暖的。

经常会听到朋友诉说他们偶遇青春的故事，
大都抱怨连连：原来我当时暗恋的那个人，会变成现在这副我看都不想看的模样啊！
我会笑问："那你现在就不喜欢Ta了呗？"
"怎么可能会喜欢!?"
"那再来一次青春，你还会暗恋Ta吗？"
犹豫良久，得到的答案基本都是：会！

"为什么？不是不喜欢了吗？"
"只是不喜欢现在的Ta，而我暗恋时候的Ta，是整个青春最美的记忆啊！"

作为作者的我，从没想到过《我喜欢你，你知道吗?》这本书出版后，会那么轰动。
铺天盖地的邮件发到我的邮箱，发给"@我喜欢你你知道吗"的微博私信。
每个看过这本书的人，都从中找到了自己，并迫切地想将自己的故事，说给我听。
其实这本书里的所有故事，都像是青春苍白的记忆章节，它们并不完整。
舍不得删除Ta的群发短信，偷偷看Ta写的作业看Ta的字，用Ta的学生证来做护身符，在许多课本隐秘的角落写Ta的名字或简写……
没有惊天动地海枯石烂，没有时空穿越或狗血的爱情，没有偶像剧的一切跌宕起伏。
字里行间，只有一个偷偷爱着的Ta。
这些只有在年轻时才会做的傻事，却在成熟后才知道，它们才是最珍贵的情感。

我想这便是《我喜欢你，你知道吗?》这本书热卖的原因吧。
我们都从中找到了曾经傻傻的、为爱痴狂的自己，也都从中发现，原来有这么多人和我一样，偷偷爱过一个人。
我相信，这次再版的推出，又会感动一批新的读者朋友。
同时，也会有更多人因为它而得到爱情。
这种感觉，暖暖的。

将这本书送给最喜欢的那个人吧。
写在书里的那些美好而忧伤的记忆，Ta看了，就会懂。

目 录 *Stories I Never Told You*

再版序

01 相遇 001

每一个故事仿佛都是一部5分钟的短片,
它们都是小小的、年轻时候的样子,
藏着各种初见时刻的细节,
有的喜悦,有的忧伤,有的在结尾让人破涕为笑。
我喜欢你,就像深夜头顶白色云朵的曼妙。

02 暗恋 049

我小心地存着你发给我的每一条短信,
预谋我们之间的每一次邂逅。
在干净的本子上,我为你写了一首又一首温暖的小诗。

我跟你说路灯，说晚风，
说傍晚的细雨、春天里的熊
说《东京爱情故事》里的黄手帕，
但是不说，喜欢和爱。

03 暗恋 ———— 147

原来，
生命中总有一些人与我们擦肩了，却来不及相遇，
相遇了，却来不及相识，
相识了，却来不及熟悉，
熟悉了，却还是要说再见。
很多年以后，
你成为了我记忆中的一个点。

Stories I Never Told You

相 遇

如何让你遇见我,在我最美丽的时刻。
——席慕蓉

在这一篇的20个故事里，
藏着各种初见时刻的细节。

每一个故事，仿佛都是一部5分钟的短片，
在回忆者的口述中，
它们都是小小的、年轻时候的样子，
有的喜悦，有的忧伤，有的在结尾让人破涕为笑。

我喜欢你，就像深夜头顶白色云朵的曼妙。

1

那时并不知道什么是
喜欢什么是爱，
只知道初见的时候，
心跳得异常热烈

口述者：
郭瑶 / 沈阳

那是人生中第一次懵懂的爱恋。

还不知道什么是喜欢什么是爱，只是在初见的时候心会跳动得异常热烈。

每次课间休息会特意去寻找那个身影，休息的时候会特意走到他家楼下。偶然得到了他的手机号码，在那个没有微信的年代，想尽一切办法希望通过一条短信让他明白我的心意，又不敢影响我们之间的关系。

就这样小心翼翼地陪伴了他三年，直到我离开这座城市，也没有让他知道我的心意。

曾试过对他表白，结果立刻被拒绝。我也赶紧笑笑说，我开玩笑呢！咱们还是朋友。

走之后，我一直很想念他，我曾最怕的就是进不去他的QQ空间，因为那是我唯一能直接知道他近况的方式，也是我唯一单方面能找到他的方式。

时不时地，我会搜索他的微信，看看他有没有换头像；搜索他的QQ，看看他的个性签名。

从开始的有一句没一句，到后来天天微信聊、煲电话粥，因为想见却见不到的惆怅，只能用这种方式去守着。

再次回来的时候，已经听说他追到了那个喜欢了很久的她。他跟我炫耀，说着在我陪伴他的青春里，他始终爱着她的故事。

心痛不已地删除了他的所有联系方式，强迫自己不去联络他。

即使现在有了自己的爱人，也即将要有自己的家庭，还是会想知道他生活的轨迹，也会想知道他的新娘是不是他一直喜欢的那个她。

不后悔喜欢却没有表达，但是却后悔断了联系。现在才知道，这场暗恋中，我投入了太多的感情。

虽然我明白，只要能看到他幸福，我是会祝福的。

但是，当我慢慢地闭上眼睛，静静地感受着时……那些有他的时光仿佛随时会回来。

2

他有着一双仿佛会
看穿人心事的眼睛，
温柔又透彻

口述者：
missbaby / 广东

相 遇

他是我干哥哥的好朋友,我喜欢赖着干哥哥,跟着他出去玩,自然就也有很正当的理由像跟屁虫一样地赖着他。如果按照现在流行的"花美男"标准,他绝对算不上帅,可他有着一双像会看穿人心事的眼睛,温柔,又透彻。每次我撒谎、搞恶作剧,都故意选择他不在的场合,怕被他揭发。但其实,他是个很温柔的人,对我说话轻声细语的,听我发牢骚的时候,喜欢眯起眼微微笑着。

这样的日子让我感到温暖,有说不出的安全感。我以为我可以一直这样赖着他,直到我们都老去。而实际上,这样闲适的时光只到他有了女朋友。我如梦初醒,知道他是个王子,我却不是那个他要来吻醒的公主。

于是,我出国了,远远地躲开这段伤痛。

后来干哥哥告诉我,他和女友分了手,接着也出国了。几年后,圣诞节假期时我们在家乡偶遇。他还是那个样子,却说我已经长大了。他邀我一起吃晚饭,我没犹豫就答应了。没想到却在餐厅遇见了他的前女友,结果变成了三个人的晚餐。

他的前女友不停地帮他夹菜,肆无忌惮地说着两个人的甜蜜往事。我坐在旁边微笑,心却在滴血。

终于吃完饭,走出餐厅,我想赶快告辞离开,他却突然把我拉进怀里,用手摸摸我的头发,说:"天那么冷,不要站在外面太久。"

虽然当时灯光不是很好,我还是看见他的前女友脸色变得很差,然后匆匆走了。

他责怪我为什么那么傻，为什么明明听那些话自己会难过却还是要笑。

是的，他说对了，我长大了。

当时我心里又酸又甜，充斥着喜悦与无奈，我却什么都没说。

如果一定要说什么的话，我想对他说：谢谢你，谢谢你那么维护我。

虽然我们只是朋友，但我已经很满足了，因为——我的委屈你看得见。

3

偏偏在十几岁遇见了你,
这么尴尬的年龄,
没有过去也没有未来

口述者:
林夕 / 青海

偏偏在十几岁时遇见了你，这么尴尬的年龄，没有过去也没有未来，我从来没有想过要打扰你。

如今，我已经长大了，却还想再等等你，可是你已经有了你自己的家。

差不多五年不见了。从遇到你起就喜欢你。一直暗恋着你。

我们一起相处了四年，五年前分别以后，再也没有看到过你，哪怕只是一张照片。偶尔会听到你的些许消息，直到有一天，我看到了你孩子的照片。

心酸，祝福，一下子全部交缠在了一起。

真想着哪天走在大街上，在人群中一个不小心遇到你，然后道一句：我们好久不见。

每个人一生之中心里总会藏着一个人，也许这个人永远都不会知道。

比如你，就像一个永远被我藏在心底的秘密，谁也无法取代。

现在，我知道你过得很好，我也满足了。

我该要去寻找自己的幸福，虽然你并不知道我喜欢过你，但是也请你祝福我，祝福我找到像你这样一个好人，好吗？

暗恋一个人真的是一种很心酸的事，不能忘记也不能说出口，忘了舍不得你，不忘又怕打扰你。

所以啊，我要慢慢放下了，远远地看着你幸福，对我来说也是另一种幸福。

4

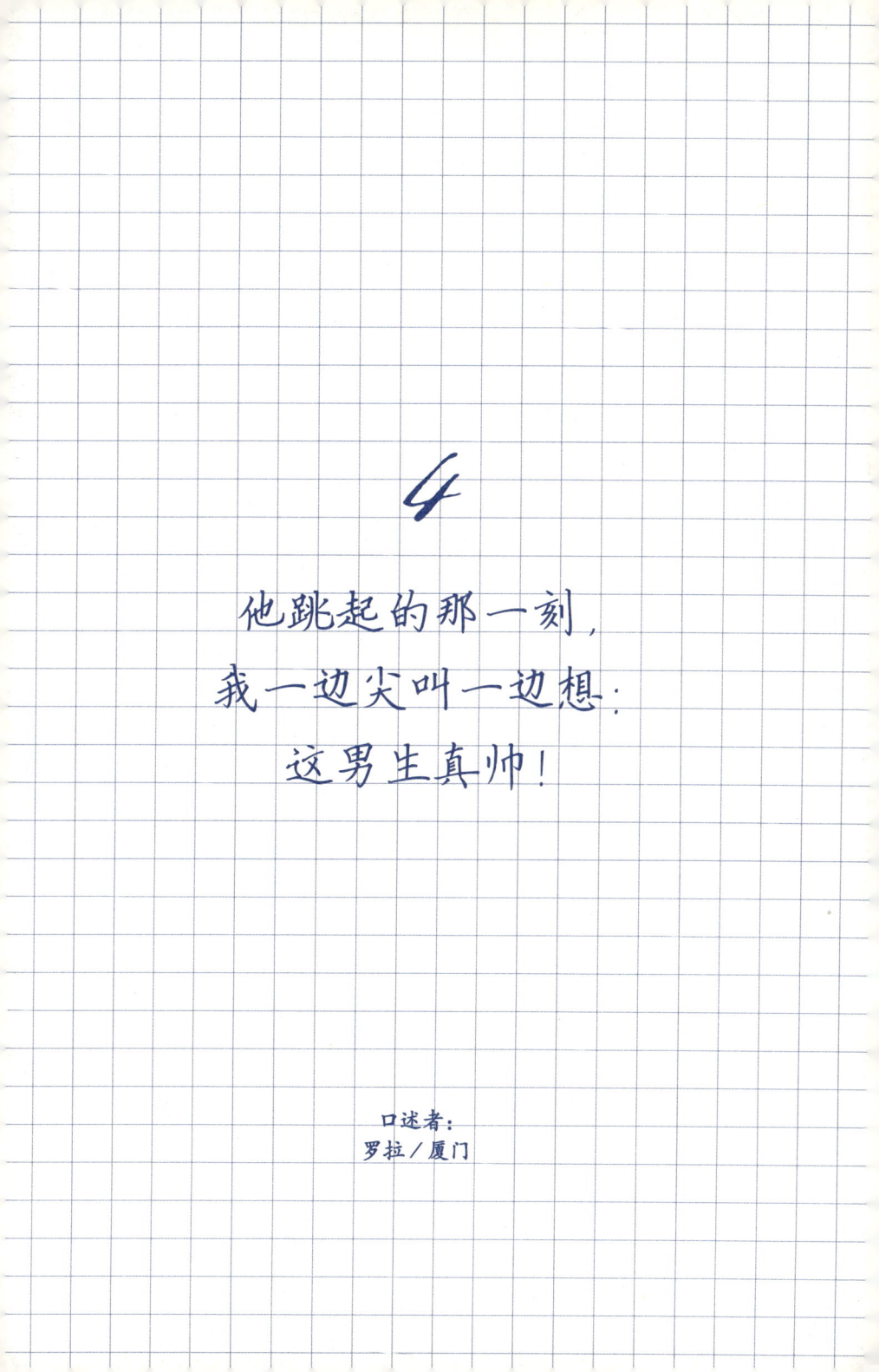

他跳起的那一刻，
我一边尖叫一边想：
这男生真帅！

口述者：
罗拉／厦门

从没想过，我居然会喜欢上一个爱看漫画的大男孩。

同龄的朋友都在大学创业，而他每天捧着一本画着戴草帽张大嘴笑的少年漫画，爱不释手。

别人都说他不靠谱，但不知为何，看到他，我就觉得心情很好，他是个很吸引我的人。

第一次被他吸引，是校运会，他是跳高选手，跳起的那一刻，我一边尖叫一边想：这男生真帅！

他很骄傲地对我说："我喜欢看《海贼王》，这部漫画改变了我的一生！"

我听后不屑一顾嗤之以鼻，给他丢了个白眼，笑他没长大。

在回宿舍的路上，我就用手机视频软件搜索《海贼王》。回到宿舍就躺在床上看。

一集结束，我觉得还不错，后来也成了海剧迷。

他说他是路飞，喜欢的女生在隔壁教室。

当时我心像刀扎，他还问我要如何写情书，我狠狠地说："你写好了我帮你改。"

没想到第二天他就写了一封，我这傻子，居然还真的帮他改情书。

情话一大堆，通过这封情书，我看到了他的心事也和少女一般细腻如流水。

他要我帮他去送情书，百万个不愿意，但还是去做了。

想想那时的自己真是傻得可爱,也傻得可怜。

毕业那年,吃完散伙饭,大家举着啤酒瓶,叫嚣着:"谁还有什么心愿没完成,今晚都要做到!不给大学有遗憾!"

几个知道我心事的闺密抢过我的手机,翻出他的微信号,要我给他发一条表白的微信。

我心动了,颤巍巍的手去摸手机键盘。

轻轻写下:我喜欢你,你知道吗?

故事的结局是,我把这一行字,一个一个敲出来,又一个一个删掉。

对不起,路飞,我只是一个看漫画的局外人,你的世界我进不去。

我蹲在马路边哭,哭自己连幸福都不敢争取,闺密抱着我,不断安慰。

现在这些事都过去了,回想起来还是有一点点小怀念。

路飞,你曾来过我的世界,带给我快乐和忧伤,带给我恋爱的感觉。

谢谢。

5

他站在阳光里
回眸一笑，我觉得，
他仿佛就是全世界

口述者：
疯狂放黑屁 /

相　遇

初二的一次义卖，我看到了一个男孩子。那时候他站在阳光里，回眸一笑，我觉得他就是整个世界。他戴着蓝色边框眼镜，留着斜刘海。因为义卖上的那一眼，我为之倾倒。

在做操的时候偷偷瞄他，看他那些猥琐的动作；吃饭的时候也总是一边吃一边偷看，故意走过他身边；在英语默写时特意写错单词，只为了去看他一眼。

他喜欢陈奕迅，喜欢华晨宇，喜欢黑子的篮球。然后，无一例外的，我全都喜欢。

他会唱民谣，他有那种别人一听就会心动的嗓音。他站在球场上的时候就是我的全世界。

放学的时候，我常常偷偷跟在他后面。记得有一次下暴雨，我走在后，他走在前。在十字路口，他向右我向左。当时我多么想把我的伞递给他，告诉他我一直都喜欢着他。

我们似乎很有缘，总能遇见。很多次美术课发下来的美术书里都莫名其妙夹有他的卷子。每次我都偷偷等他，然后颤颤巍巍跑到他面前说："这是你的卷子。"

他是很多小说中那种校草级别的人物，学校里很多女生为他倾倒。我想，也许他真的注意不到我了。

喜欢他一年了，因为一些事情伤心过痛哭过放弃过，最后我有了男朋友，心里却始终无法放弃对他的喜欢。

  我希望他能幸福，要吃饱穿暖，以后再遇到一个愿意为了他拼命的女孩子就千万别再错过了。

  喜欢陈奕迅，但不能成为孤独患者。

6

那时的爱情，
没有目的，没有欲望，
没有计算与得失

口述者：
维尼控 / 天津

女孩子一旦遇见一个人，爱上一个人，智商仿佛就会彻彻底底变成零。我大概就是一个血淋淋的例子。

否则我怎么会千方百计加了他的QQ后，就和无数出师未捷身先死的怀春少女们一般，一句话也说不出来，任凭大脑死机呢？

否则我怎么会上课无精打采，成绩直线下降，只要听到下课铃声，就如同梦游般漫无目的地徘徊在教室门口的走廊上，仅仅只为了看他一眼呢？

否则我怎么会每天放学后处心积虑地在学校大门口的地摊边磨蹭再磨蹭，直到他慢悠悠地提着书包出来，然后装作很自然地跟在他后面，最后在岔路口各回各家各找各妈呢？

否则我怎么会在得知他生病请假后，坐立不安、茶饭不思、心不在焉，恨不得长一双翅膀立刻飞到他身边呢？

大概这才是爱情，是我纯真时代还不懂得什么是爱情的时候真正的爱情，没有目的，没有欲望，没有算计与得失。

你把原来发火捶椅子的
力气用来拥抱,
我把之前生气落泪的
哭腔用来说原谅你

口述者：
酒酿丸子 / 广州

我喜欢你，你知道吗？

2006年的你，身材高大，鼻梁上架着一副黑粗框眼镜，从不参加班级集体活动，总是特立独行。大一入学班会上，你唱的《千里之外》将我的视线吸引了过去，你的声线很好气质很好，我心中的小鹿乱蹦乱跳。仅有的一次交流，是你从QQ发来的一句客套寒暄："你广州话讲得真好。"心中小小地兴奋了一下，将那句话存在了以你名字命名的txt中。

而我和你2007年的记忆，一直在我的电脑E盘中，至今未删。你传我Lucky Star第14至24集，说是一部非常经典的动漫。我看了之后，觉得非常无聊，但还是给你打电话，说了一些有的没的，因为怕你指出我没仔细看的细节，所以声音颤颤巍巍的，如今想来十分可笑。

2008年某一天开始，我被蛀牙折磨。忘了是何时养成的坏习惯，在每个因为蛀牙而失眠的晚上，等着你或关切或玩笑的短信，从蛀牙说到失眠问题，从失眠问题说到无聊的选修课，最后回归蛀牙……

那年的5月4日，因着你"心情轻松牙才好得快"的理论，应你的约去看电影。正佳1厅，9排17座，看的是《功夫之王》。那天的你穿着一件浅蓝色的衬衫，与天空一个颜色。阳光下你叫我看你摔断过的门牙，那是我第一次听你说你小时候的故事。不知道是因为牙洞里酸酸麻麻的药棉作用，还是不习惯手机对手机的距离换成面对面，一路上我表情、动作、语言都木讷得很。那天我们走了很长很长的路，从电影院走回学校，一辈子也没走过这么长啊！更没想过的是，以后的我们，会走一条更长更长的路。几天后，奥运火炬传到广州，大家都逃了课跑去看。你也逃了课，却是陪我去校医院治那颗烂牙。两个钟头冗长的排队等待，困顿又无聊。安静不下来的我开始不自觉地伸手拨弄挂号窗的告示。你抓住我不安分的手，严厉地说："很脏，不要乱碰！"看到你脸红着却不肯松开我的手，突然也觉得呼吸乱了节奏。牙慢慢好起来，失眠却依旧，在你说出"请你答应"四个字之后。第二天党支部外出活动，我照样跟着大家打打闹闹，心却早就在你追问中惶惶不安。你不断追问我的答案，以至于在你将我堵在第一饭堂的花坛旁边时，我吓唬你再逼我我就退学；以至于我会选择破旧的教一去自习，而不去虽然舒服但是你可以随时找到我的图书馆……无论如何你还是逮到了我，对我说：我喜欢你，请你答应。看着你目光如炬，认真又响亮地说出这句话，我沉浸在了甜蜜中。于是我给了我的答复：我答应。从此之后，生活中多了一个你。的确，你不像人家的男朋友一般浪漫花巧，从不送花送玩具这些你认为不实际的东西，但却舍得带我去吃你知道的所有好吃的东西。池上便当，友人馆寿司，仁信双皮奶……我都快成活生生的广州美食地图了。

有段时间我们经常吵架，每周必吵，将近崩溃。我们俩，性格相反，脾气却一样臭，硬碰硬，两败俱伤。但是如果没有这些争吵，没有磨合，我们又该如何来知道彼此内心的真实想法，如何懂得珍惜眼前人的道理呢？大三那年暑假，在无数个见不到你的夜晚我辗转难眠。发短信给你，不敢赤裸裸说想你，拐着弯说睡不着。而你这笨蛋，居然以为我是热得睡不着，叫我开大一档风扇。赌气不理你，你却无所谓的样子，电话和短信越来越少。后来你说，那时不理我是故意的，想看看我可以多久不理你，结果，真的很久……

明明是在乎彼此的，为什么总在这些小事上浪费时间呢？也许学业上不错的我们，注定在爱这门课上挂科了。

现在的我们，没有刚在一起时的火气了。尽管有时也会吵，却不再斗气，懂得主动和好。你把原来发火捶椅子的力气用来拥抱，我把之前生气掉眼泪的哭腔用来说原谅你。因为我喜欢，每次想松开的时候你都坚持再抱一会儿的执着……

大四来了。在未来面前，我们都在为继续在一起而努力。我希望，以后的人生有你陪伴。

8

在冬季的车站等她，
却等来她被
另一个男孩牵着手

口述者：
一方 / 天津

我是那次进医务室的时候认识她的,她在那里帮忙,正和医生说话,脸上有着温柔的笑。之后就一直喜欢她,却苦于没有机会接近。

这周她们班去农村劳动,周日回来。我一早就打听好了她们的车子什么时候到,买了她最爱喝的奶茶,用保温杯温着,还有她最喜欢的蛋挞,提前一个小时在车站等着。

也不知道这消息对不对,这可是用了两顿肯德基从她好朋友的嘴里套出来的。要是她一下车,我就送上这些,她应该会感动吧?再顺势送她回宿舍,或许真能答应成为我的女朋友呢。虽然飘着大雪,但我的心里却欢喜得如同艳阳高照。

一小时以后,我整个人都呆掉了。

她下车的时候,被一个男孩子拉着手,看上去很亲密的样子。我转过头,心里失望难过得要死,像是被人活活把心撕开了。

她从我身边经过的时候,我屏住呼吸,假装不认识她。也只能假装了。不然,会被人说大男人在街上掉眼泪,那太难看了!

9

我写下他的名字
放在枕下，
以为这样就会梦见他

口述者：
冰蓝 / 广州

高三的时候，每天不是上课就是考试，生活压抑得只剩下课间趴在阳台上发呆的那短短10分钟。

于是，就在那个星期二的下午，我看到他穿着白T恤从对面的音乐楼走出来，初春的阳光照在他身上，那样青春活力的模样，一下子就进到了我的眼。

以后的每个星期二，我都会站在阳台上，等着上完音乐课的他从对面出来。

我想尽办法找同学打听他的消息，知道了他是高一的，又打听到了他的班级和名字。

那时候有一首歌很红，叫《枕着你的名字入眠》，于是我就把他的名字写下来，放在枕头下，夜夜枕着入眠，以为这样就会梦见他。

后来高中毕业，我如愿考上了理想中的大学，收拾东西去报到的时候，我又看到了这张纸，盯着上面的名字看了半天，愣是想不起来那男孩的模样，只记得他那阳光下耀眼的白T恤……

10

请问几点了?
呵呵,这么巧,
我的表也是这个时间

口述者:
谷哥 / 南昌

每天睁开眼睛,我都会告诉自己一个要开心的理由,每个理由里都有她。

为了看她,我好几次傻乎乎地只顾把头伸出窗外,却忘了有玻璃,撞得生疼,玻璃都差点碎了,引来同学的围观。

为了看她,我每天放学后都在楼上朝楼下看,眼睛像极了丘比特射箭时的瞄准器,在茫茫人海中寻找她的身影。

为了看她,我每天都想方设法从她的教室前经过,期待能在奔跑中不小心撞到我美丽的女孩。

为了看她,我每天徘徊在体育场上,尤其是课外活动的时候,希望能看见她在树下和朋友聊天,或者打羽毛球。

为了看她,为了认识她,为了让她记得我,我花了两个月的时间思考了三百种不同的搭讪的方式——请问几点了?呵呵,这么巧,我的表也是这个时间。

可是至今,我还没有与她面对面说过一句话,是不是很可惜?

那时候的我们不说爱,我们只说喜欢,就算喜欢也是偷偷摸摸的。

11

第一次喜欢,
第一次告白,
却被委婉地拒绝了两次

口述者:
香草 icecream / 合肥

升旗仪式时，我站在第一排，看着身姿挺拔的他站在升旗台上，戴着白手套，潇洒地一挥，将红旗送了上去。就这样一个动作，让我无可救药地花痴了起来。

当你真的喜欢上一个人的时候，你总能通过各种渠道打听到他的消息，在确定了他每天的回家路线后，我决定，在他回家的路上——跟他表白！

看到我递过去的情书，他有一点点尴尬，而我还特傻地追问了一句他喜不喜欢我，结果，当然是被委婉拒绝了。

可是我并没有就此死心，之后的两年，我努力把我们的关系从陌生变到熟悉，再到我和他周围的朋友都知道了我喜欢他，可他还是无动于衷。

直到他毕业那天，我在校园里堵住准备离开的他，大声地问，他到底知不知道我喜欢他。

他沉默了好久最后吐出三个字——对不起。就这样，我又一次被自己这辈子喜欢的第一个男生拒绝了。我们曾经很陌生，我们也曾经很熟悉，但是那天以后，我们真的就再也没见过面了。

12

谢谢你没有拒绝，
让我还有机会在
一个人的梦里，
与你相遇

口述者：
尖耳朵 / 上海

最后还是决定写封电邮向你表白。

我鼓起了所有的勇气，用了整整一个月的时间，起草了七份草稿，修改了二十多遍，最后怀着忐忑的心情发送。

然后每天失眠，总是能看见日出，整日思绪混乱。

虽然说着自己不介意不介意，可还是在意你的回信，还是会好久好久不敢开电脑，不敢上线。害怕看到你的回信，又期待看到你的回信。

我终于决定一探究竟，小心翼翼地打开邮箱，等待了一天又一天，心情也慢慢平静下来，我对你的小情意，终归是石沉大海了。

可我一点也不责怪你，就像一直以来我都喜欢为你在我生命中各种形式的缺席找五花八门的理由一样，这次也是如此。

我猜你最近一直没有上网，我猜你的邮箱已经废止很久了，我猜你看了我的信却不想伤害我，所以才保持沉默。

无论如何，我还是要感谢你。因为你没有拒绝，所以我还有机会在我一个人的梦里，和你相遇、说笑和散步。

13

那天散场的时候，
我偷偷留着一个瓶盖，
是他的酒瓶留下来的。

口述者：
井木犴 / 重庆

第一次见到他,是和一大帮人在草坪上喝酒。他坐在朋友中间,不怎么说话,听到好笑的地方,就露出两个漂亮的酒窝。我就那么不争气,栽进了这个酒窝里。那天散场的时候,我偷偷留着一个瓶盖,是他的酒瓶留下来的。

这枚瓶盖直到今天,还被我好好地收藏在抽屉里。

后来我们经常发消息,他的每一条短信我都留着不删,还专门在手机的存储卡上建了个文件夹,叫棒棒糖,专门放这些短信。

有一天我喝多了,给他发短信表白。

我:我觉得我喜欢过你。

他:So what? 我注意到你用的是过去时,不错不错。他回得很快,不到一分钟。可我看到这条信息后第一反应是想把手机扔出去。我猜他其实知道我还是很喜欢他,只不过他装成什么都没感觉到的样子,于是我们继续做朋友。

原来,大家都不太可能拥有聪明的恋爱。

14

说起我的时候,
他只用了一个形容词:
古怪

口述者:
七年 / 深圳

他打球的时候，我刚好经过。飞过来的篮球正中我的脑门，疼得我差点当场掉下泪来。他慌张地跑过来，问我有没有事。其实只是疼而已，可他扶着我的那一瞬间，我只觉得被抓到的地方麻麻的，就像……就像小说里写的——触电。他们总在周三下午打球，我冒死翘掉灭绝师太的课，捧着他喜欢的冰柠檬茶坐在场边看。讨厌放假，一放假就要好久看不到他，冒着赶不上回家火车的危险，也要看他打最后一场球。回来以后，再不满足只是看球的时候看他，偷偷跟在他的身后，看他走路的样子，甚至拿手机拍下来，也看到他和女朋友相拥微笑的情景……脑子不受控制地去想，他和女朋友私下会做什么。

吃饭？逛街？还是拥抱亲吻？

后来，和他的朋友同学都混熟了，在他们面前，我也能坦然地说话，但遇上他，我就变得非常的忸怩和紧张。

说起我的时候，他只用了一个形容词：古怪。

喜欢一个人，会变古怪吗？

15

故事总是开始于
一次擦肩而过

口述者：
se7en / 上海

他是大二的学长，我们一个系的。

远距离看他并不高，有一次擦肩而过的时候，才发现他还是蛮高的，眼睛长得很漂亮，鼻子也很挺嘛。

我从不敢光明正大地看他，与他对目。

他是有女朋友的，他们经常在学校、楼道里出双入对。别人都说他们不配，我还是祝福他们，虽然很羡慕那个女生，常常幻想自己才是他的女朋友。

如果他旁边站的是我该多好。

得到他QQ后，我每天多了一件事，就是看着那个灰色的头像发呆，期待这个可爱的小企鹅会突然亮起来，跳跃着，然后问问我是谁。

可是，一次都没有。我也没有足够的勇气，在遇见他的时候拍拍他的肩膀说：Hi。这样说来，我好像什么也没为他做过，只是在遇到他的时候，不停地偷看他，在没遇到他的时候，不停地找寻他的影子。

16

原来"喜"字和"欢"
字的写法,
都是当初学的他的字体

口述者:
我需要Tiffany / 齐齐哈尔

我一直都不是好学生。

回家从不带课本，作业都是抄别人的，上课除了睡觉就是看小说，从来不记笔记，没有大事发生，头都不会抬一下。

上了高中也是一样。如果不是班主任安排班长每天都要抄一些题目在黑板上让同学们做的话，我可能都不会知道班上有这样一个男生。

我的座位在门口的位置，一天自习课，我刚醒，揉揉睡得迷糊的眼睛，就看见他在黑板上写题目，那张侧脸看得我直发愣。问了同桌才知道他是班长，负责每天抄板书。

从第二天开始我就天天抄笔记，他写在黑板上的字我一字不落地抄在笔记本上，笔记本是我专门去挑的，和他的笔记本一模一样。在上面写字的时候还模仿他的笔迹，没事就在草稿上涂涂画画不亦乐乎。

直到最近，收拾以前的书本，翻了出来，对比现在的字体，才发现，其中"喜"字和"欢"字的写法还都是当初学的他的字体。

原来他曾对我表白，我却没有接收到。

17

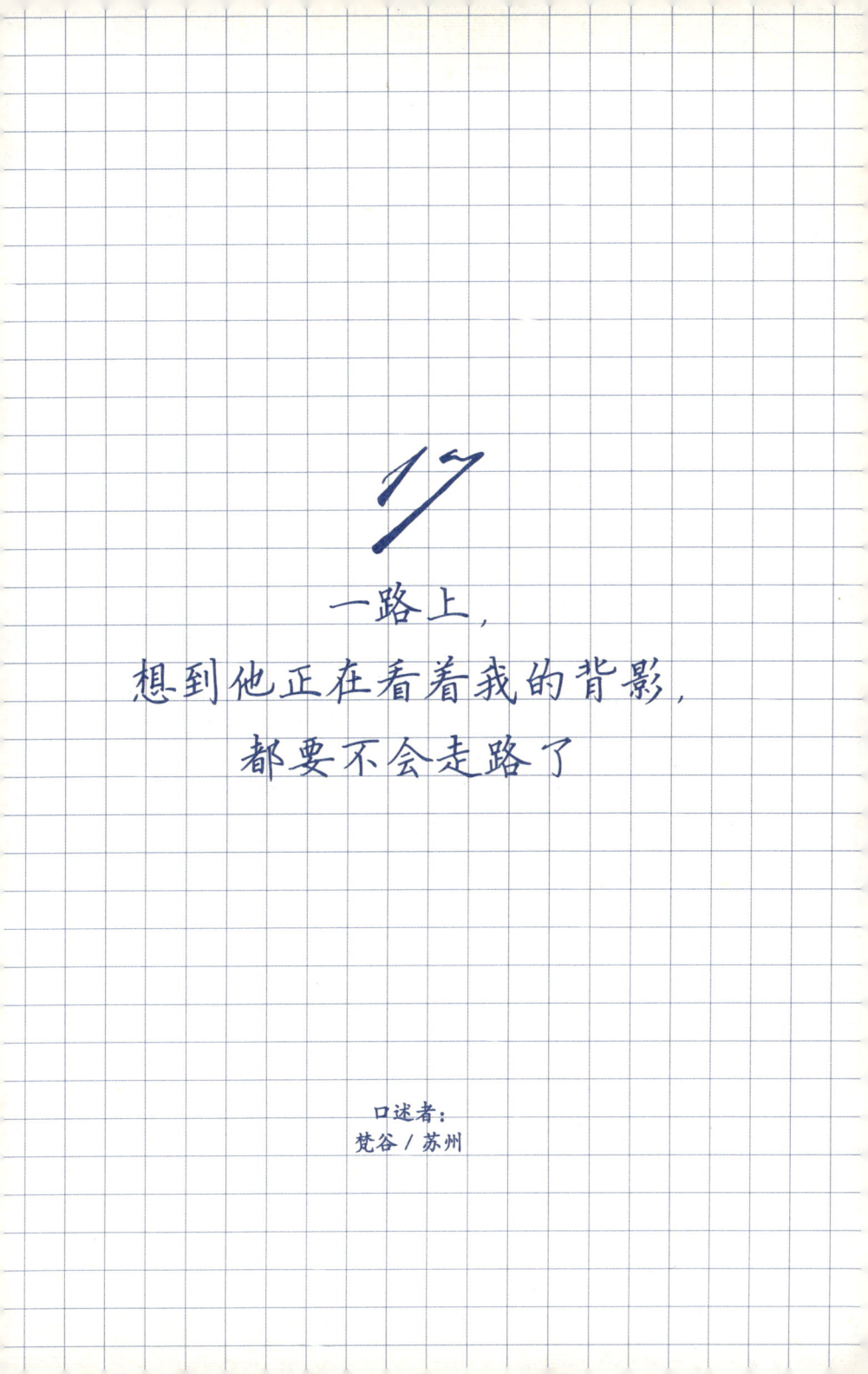

一路上,
想到他正在看着我的背影,
都要不会走路了

口述者:
梵谷 / 苏州

有次去语文老师办公室讨论问题，看到他被他的语文老师罚抄课文，心里好笑又欣喜，一边和老师说话，一边却藏不住笑意。

开家长会的时候，特意穿得很淑女，见到他妈妈的时候，礼貌地叫了声阿姨。

有天中午，我在学校门口的礼品店给我弟买礼物，出店门就看到了他。

我们两个人同时看到对方，他默默看着我走过去，我顿时无比欢喜，故作淡定地擦身而过。

有天下了晚自习后，看到他在班门口站着，似乎在等谁。

我无比甜蜜，也无比羞涩地走过去，他冲我笑笑，跟在我身后一直走到最后的路口。

一路上，想到他正在看着我的背影，都要不会走路了。

上学的时候特意绕到他走的路，只是希望能看到他，但是我们一次都没有遇见。后来才知道，他绕到了我以前走的路。

这是不是也暗示着，我们最后终究走上了没有彼此的路？

18

他用过的杯子，
一直不舍得扔

口述者：
桔子不笑 / 深圳

他长得像极了我喜欢的明星。

鼻子眼睛都像，第一眼看到他的时候，我的心就差点从胸口跳出来。眼睛不受控制地看他，只想多看一眼，再多看一眼。

可平常虽有接近，也不过是普通同学之间的接触。

他说过他没女朋友，但我还是不敢去说。要是被拒绝了，恐怕连普通朋友都做不成。

只好利用年底同学说要聚会的借口，请大家到我家来玩儿。

他来我家之后，用过的一次性杯子我一直不舍得扔，上面还留有他的味道，嘴唇轻轻贴上去，似乎就和他有了最亲密的接触。喝水的时候，心跳得也很快，就算是白水，也像蜜一样甜。

于是一直用那个杯子喝水，至少用了两周……用到最后杯子底都烂掉了，才迫不得已扔了。

19

只一眼，空气都似乎香甜起来

口述者：
我不是不开心 / 漳州

下个月就要转校了。再不把握,就再没机会。可我还是不敢开口,只能默默地看他,跟在他身后。他喜欢街转角的那家煎饼果子,于是我也喜欢,加了酱,微微的甜。他喜欢耐克的衣服,于是我也喜欢。闭上眼睛似乎能看到他在我递出的情书上,打上一个大大的勾。他喜欢隔壁单元的狗,于是我……也喜欢。每次都带了KFC的骨头,小心翼翼地接近它。那狗先是吠叫,后来就对着我摇尾巴了。他喜欢睡懒觉,每次上课都迟到。可是我不能,妈妈一早就叫我起床,我只能出门以后,在拐弯的墙角等他,装成是找东西的样子,等他经过的时候,匆匆瞥上一眼。只一眼,空气都似乎香甜起来。所以,我也每天都迟到。他在隔壁班,与我一墙之隔。下了课,我就站在走廊上看他。

　　直勾勾的,他目光扫过,像是看怪物一样地看我。

　　于是每次都是。

　　可我不在乎,我只知道……转校后,就再也看不到他了。

20

他的字真好看，
想必他的手
也一定漂亮修长

口述者：
糖糖 / 温州

他和别的男生不一样。不是因为我喜欢他所以他才特殊，而是因为他特殊所以我才会喜欢他。

会注意到他，是因为语文课上老师发的范文。每次命题作文，老师都会从全年级的优秀作文里选几篇做范文复印后发给所有学生。他的字真好看，文章写得也好，很好奇这样的男生长什么样子，他的手一定修长漂亮。

我开始默默地关注他的博客，总想多看看他的文字。

终于，我成了他的朋友，我们一起聊天聊地聊理想，听他所听的歌，读他所读的书，看他爱看的电影，学习他爱的单车旅行，还约好了毕业后一起骑单车去西藏。

他不像别的男生那样夸夸其谈，他安静、爱思考、待人温暖真挚……我被他降服了，保存着他的每一条短信和纸条，只想生活在他的文字中。

高考后拍毕业照的那天清晨，在校门口傻傻呆呆地等他，他送了一支钢笔给我，可我们约好的旅行，终究是没有来。

Stories I Never Told You

迷　恋

那时候的我们不说爱，我们只说喜欢，就算喜欢也是偷偷摸摸的。
　　　　　　——九夜茴

就这样,你来到我的世界里。

我小心地存着你发给我的每一条信息,
在干净的本子上,我为你写了一首又一首温暖的小诗,
我预谋我们之间的每一次邂逅。

我跟你说路灯,说晚风,
说《挪威森林》里的绿子和春天的熊,
说《东京爱情故事》里的黄手帕,
但是不说喜欢和爱。

这一篇的45个故事,
回忆的是我们曾经爱过的人,
还有那时我们做过的美好的傻事。

1

在干净的本子上，
为她写了一首又一首
温暖的小诗

口述者：
天小天 / 汉中

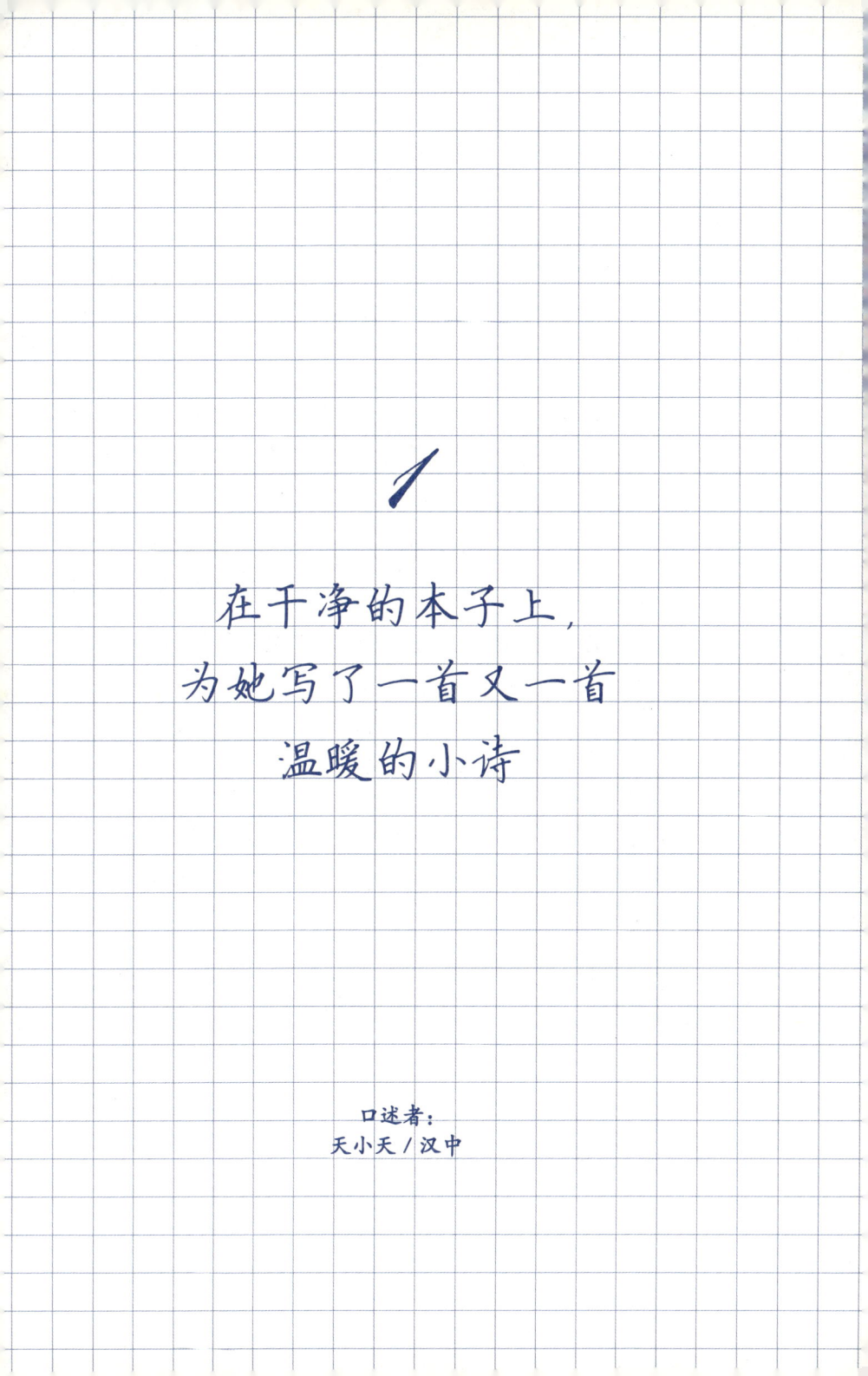

上学那会儿，几乎每本书的隐蔽小角落都写着她的名字或者简写，每当有同学要借我的书抄笔记我就十分紧张，找各种借口回绝，显得很小气。

上课的时候我经常假装挠头，只为偷偷地转向她的方向。当她那个方向有同学回答问题的时候，我才敢名正言顺地看着她，看着她的眉她的眼她若有所思的表情。

我一直想不通，那时候的我为什么不敢对她说"喜欢"呢？

我的好文笔就是从为她写诗培养起来的。在干净的本子上为她写了一首又一首温暖的小诗，不过从来都不会拿给她看，因为不好意思。自己看一看，总能嗅到青涩的味道。

虽然我与她坐得比较远，有时候也会"翻山越岭"地传个小纸条过去和她闲聊，话题往往都很无聊，从来不聊敏感话题，也是因为不好意思。那些小纸条，我到现在还留着，不时拿出来看看。

我选择了一种方式纪念她和这段感情：用她的名字做所有网上注册信息的密码，包括安全提问的答案。

如果有一天我能与她重逢，我一定会给她一个拥抱，告诉她：错过你，我很遗憾。

2

每一个故事都是小小的、年轻时候的样子

口述者：
窗帘 / 北京

故事就是小小的、年轻时候的样子。

年轻的时候，暗恋过的人，还有那时候做的傻事。

跑遍全校的教学楼，只不过想要悄无声息地抄全他的课表；在第一次一起上自习的教室，在那个位置，整整两年，每一天都要去；他提出的所有帮忙从来都没有犹豫过；想要和他分在同一个专业同一个班，却得知他没有获得理想专业的名额，悄悄退出，让他如愿；过生日，喝大酒，陪他沿着海暴走；为他制作手办。

但不说喜欢和爱。

在他为我唱歌的夜晚静静地哭起来；永远秒回短信；在他面前从来不端架子不摆谱；只要他是笑着的，觉得一天心情好到爆；自己的作业放一边，先替他写论文；人海里一眼就能认出他；周围再吵，只听见他说的话；每一句都珍惜；他发来的消息从来不舍得删掉；尽量不让他请客吃饭；想方设法知道他的哪怕一点点事情；有什么好的东西，心里第一反应是给他留着；自己可以非常累非常疲惫，不忍心让他陪着；想象今后的生活；似乎能够看到未来的样子；感到内心安稳，但是也忐忑；和他在一起，就再也不会羡慕任何人；愿意给他写蹩脚的诗。

但不说喜欢和爱。

不允许别人讲他任何一句坏话；会幻想拥抱和牵手；随时愿意用

生命来保护他；羡慕他身边的每一个人；不敢多嘴讲话，在他面前像是个脑残；他说的什么都信；最怕听他说以前的女友，但是还是会笑着听下去；有一次一起吃火锅，觉得和他的筷子在一个锅里，像是做梦似的，不真实。

但是不敢表白。

会在很多他不知道的地方写满"我爱你"，但绝不说出口，绝不。最多止于：今晚的月色好美。满是范柳原、白流苏、夏目漱石的矫情，甚至张小娴的造作，我居然也会变成这样。

或者讲路灯，晚风，讲讲《挪威森林》里的绿子和春天的熊，讲讲《东京爱情故事》里的黄手帕。恩，熊。这是他的昵称，被我分外珍惜的秘密。

然而就是，不说爱。

3

他的声音很好听，
每次听到相似的声音
都会回头寻找

口述者：
石斐 / 河南

再次获悉他的消息，是在大学的校园里。

西装革履的他，散发着一种吸引人的魔力，我为之沦陷了——一种名为"爱情"的种子在心里发芽！

之后的日子里，我时时关注他的消息，会为每一则关于他的消息而激动、开心；会为与他相似的身影、声音而驻足寻找。

2014年下半年是最煎熬的时期。由于自己性格使然，什么都喜欢放在心里，所以把一切都写在日记里，丝毫不敢大胆地向喜欢的人表白。

那段时间，我走在路上，尤其是走过他曾出现过的地方，都会不由自主地停下张望，而每次都是以失落告终。

他的声音很好听，每次听到相似的声音都会回头寻找。

但可惜，不是他。

我希望遇到他，又害怕遇到他，这种心情让自己在那段时间里就像魔怔了一样，重重地压在自己的心上，仿佛窒息一般。

于是在2015年的元旦，我决定放过自己，放下这段不为人知的爱恋，给自己一条"生路"——将与他有关的一切都封存了，放在不起眼的角落。

之后的一段时间，我确实好了很多，以至于我以为自己可以真正地放下，可是我高估了自己。

时隔将近一年，当我的耳畔再次回荡着那相似的声音时，我知道自己并没有彻底忘记。

当他的消息再次出现在我的眼前时，我一如当初的心境。

对他，我心里仍存有太多的依恋和不舍。
我也知道心里还是喜欢着他！
只是，只能，只可以远远地望着他了。

4

经不住似水流年，
逃不过此间少年

口述者：
你是我的向日葵 / 广州

我念的高中是寄宿制的，宿舍里的女孩子都是第一次住校，开学那段时间晚上总会聚在一起开卧谈会。

大家聊的都是班里那些事，不知怎的，就说到自己喜欢的对象了，挨个报名字。到了我这里，我就胡乱说了个班上一个男生的名字，忽悠舍友。

巧的是，第二天老师调整座位，那个男生竟然成了我的同桌！看着舍友们冲我挤眉弄眼的，我生出一种生活真是又雷人又狗血的感慨来。

这也许就是所谓缘分吧？不知道是不是因为那晚上夜谈的心理暗示，我很喜欢和他聊天，逗他玩，依赖他，偶尔对他耍点小脾气，而他竟任由着我。有一次，我问他借校服穿，他竟也二话不说地脱下来给我。也许是因为他的衣服比我的小一号的缘故吧，穿在身上很温暖，我都舍不得脱。

和他同桌的一年，是我高中生活最快乐的一段时光。高二的时候，文理分班，我们分开了。虽然只隔着一层楼，见面的机会还是少了，学习也忙起来。还没来得及感怀什么，就毕业了，然后上了大学，然后再毕业，然后工作……

前几天同学聚会的时候，听说他有了一个准备结婚的女友，突然就觉得很难过，从前的那些鲜艳过往一下子回到了我的记忆中。

我想，他应该就是我的初恋吧？

5

分手以后，我的每一篇"灰色日志"，他都留言了

口述者：
小粉儿 / 北京

那段时间我陷入了人生的低谷。

先是被同事嫁祸，本不是我应该做的事情全部堆到了我身上。强大的怨气被我不小心发泄给了好友，多年的友情岌岌可危，而此时，他再次出现了。

当时，我满心的委屈没处去说，就被我写成了日志，放在了我的博客里。没想到的是，我的每一篇"灰色日志"，他都留言了。我们分手有一段时间了，我没想过他会在这个时间以这种形式重新出现在我的生活中。他不但一一为我写下评论，还用他的亲身经历给我指点。顺着他的用户名进入他的博客，发现了一些令我分外感动的东西。

我们在一起的时候，我从来没关注过他的微信朋友圈或是其他网络上的东西，现在从第一篇看起，我第一次发现他的文字令人很开心，倒霉的事情可以被他写得妙趣横生，繁忙的生活在他的笔下显得安逸迷人。

很多细节看似平常，却能让我觉得幸福。他没变，还是那个人，他的生活还是我熟悉的那个样子，可我却有一种微妙的新鲜感觉。在他的启发下，我走过了那段痛苦的日子。在博客上，我快乐地记下我幸福的日子，每天关注着留言，我以为我忘了他，可在街角听见一首歌，却让我又想起他。

希望我也能让他觉得开心，就像他对我一样。可是我等了好几天，还是没有发现他的影子。

是不是他只想做一个默默的守护者，在我低沉的时候出现，解救我，然后看着我过幸福的生活？我不知道他的想法，但其实，我很希望这份幸福与感动能有他和我共同分享。

6

也许这就是年少时的感情

口述者：
颜啦啦_1225 / 盐城

迷恋

我们是高一下学期分班的，都选了文科，我分到七班，进班我的学号是7号，他是六班的7号。高中的时候有周考和月考，考试的座位排序就是一到七班（文科）的1号，然后是一到七班的2号，接着是3号……所以他每次考试都坐在我前面。他个子很高，长得很帅，篮球打得很好，是他们班的体育委员。他长得很像胡歌，我也因此很喜欢胡歌。

别人不喜欢考试，我却有点期待考试。他考试时经常穿一件黑色和橘色的上衣，衣服后面有"dare to be"（现设为我的QQ昵称）的字样和一个"√"的图样。

每次做操的时候我们两个班也是挨着的，所以经常能看到他。

小高考前夕我们需要跟别的班借书，那个时候我们班的同学帮我借，借的就是他的地理书，那个时候好紧张啊，然后考试讲课有什么需要记的我就很工整的记在书上，像是我写的字好看他就能注意我似的，很傻很天真。然而书还给他以后并没有发生什么故事。

就这样三年高中结束了，上大学后我通过他们班的一个同学知道了他的QQ，加他后各种不知所措，不知道说什么话能够既得体又不知不觉地表露心意。

刚开始我假装不知道他是谁，然后渐渐地问他，然而他好像对我并没有深刻的印象，可能是因为我一直坐在他后面吧。

他发说说我都会评论，他也会回复，但是我的他很少评论。后来他加了我的人人，我很意外，然而也并没有什么发展，只是从他的人人动态获知他大学混得很好，过得很丰富，又是篮球队又是模特队。

我还是经常评论，每次都是斟酌再三再发送。就这样，后来我得知他喜欢上了他们学校一个身材娇小的女生，但那个女生并没有答应他的追求。

当时心里好失落，感觉像是失恋了。

前些日子得知他们已经结婚生了小孩，妻子就是他追的那个女生。

本以为我会很难过，但是再见他时，却已经没有当初那种青涩深爱的感觉了。

也许这就是年少的感情，胡歌还是那个胡歌，他却不是他了。

如果可以，
我想回到从前，
让我先对你说：
我喜欢你

口述者：
godson / 广州

当我爱上你的时候,我还没有意识到我可以那么爱你。

你说某一个电视剧很好看,我马上下载全集,窝上一个周末把它全部看完;

你说过你最喜欢吃蔬菜,然后我每天吃的最多的也就是蔬菜,即使我是个无肉不欢的人;

你用一首歌的歌词作为你的个性签名,我就整晚不停地重复听那首歌,直到我也喜欢上为止;

你没上线的时候,我可以看着你灰色的头像发呆,可以看上几个小时也不觉得无聊……

这些都是你不知道的事。

我想,等到你在我身边的时候,我再告诉你吧!

异地恋很辛苦,但是爱让我很快乐,你让我很幸福,思念让我每天都过得很充实。

我从来都不知道我可以如此如此深刻地去爱一个人、去思念一份情。

如果可以,我想回到从前,让我先对你说:我喜欢你。

8

他的存在就蛮让我心动了

口述者：
明朝有意抱琴来 / 北京

高中时，我每天都早早地去学校，然后趴在桌上边看书边等他。我会先看到他的身影映在窗帘上的剪影，然后他人出现在教室门口。这是我每天最期待的时刻了。

他坐在我的前排，每次回头和我说话的时候，我都无法正视他的眼睛。明明想多和他说些话，却总是说不上几句就找借口迅速结束对话。

我想，在他的记忆里我就只是个眼神闪烁、偷偷摸摸的小姑娘吧。他永远都不会知道，他那双漂亮的眼睛曾经多少次进入我的梦中。

高三那年圣诞节，我写了张卡片给他。

"圣诞快乐"四个字，让我花了一个周末的时间去练习。我在练习本上用不同字体写出"圣诞快乐"，只求留给他最好的印象。

当我把卡片递给他的时候，他随手接了过去，然后兴奋地对我说，他给我最好的朋友写了卡片，还偷偷放进她的书包里了。听到这话，我已经够难过的了，而更让我心碎的是，他说他担心她没有看到，所以请我放学的路上记得提醒她。

那个下午，我强忍着想哭的心情去完成他指派给我的任务，他永远也不会知道那种滋味。

而我最好的朋友、那个他喜欢的女孩却淡淡地说，她看到了，但她已经扔掉了。

我当着她的面很没有出息地哭了出来，不喜欢一个人就是会这样对待那张卡片吧？

我真的很想问他："从我们相识到现在，这么多年的时间，你是不是真的认为其他同学都能和你一样，在每年生日那天的零时都收到我发的祝福短信？"

9

他喜欢一个女孩，说等到高中毕业就向她表白

口述者：
周兰兰 / 漯河

迷 恋

他喜欢《斗罗大陆》这部小说，喜欢了好几年，他经常给我讲里面的故事，可我却总是不想听，后来，他也就不讲了。

与他断了联系后，我把《斗罗大陆》三部曲全部看了一遍，我明明不喜欢，却还是看了。

认识他三年，可真正关系好起来才六个月，中招考试后，我向他表白，告诉他我喜欢他。

他说，我们只是朋友，奢求太多，只会失去原来的所有。

就这样，再也没说过话。

我去他学校看过他，可只是远远地看，就像他说的，奢求太多，只会失去原来的。

所以我要适可而止，我就想看看他过得怎么样，并不想打扰他的生活。

他喜欢一个女孩，他说等高中毕业就向那个女孩告白，如果被拒绝，那就放弃了。

放弃是不是就代表我还有机会？

我要等他。三年了，我一直在等，万一他回头了呢？

10

分不清你是暧昧还是喜欢,
这种模糊让我一直不肯放手

口述者:
周兰兰 / 漯河

迷恋

一开始，对你是厌烦的，讨厌你的唠唠叨叨，讨厌你总是抱怨，讨厌你太过世俗。可是后来，连我自己都说不清楚，为什么会为你流泪。哭着跟你说了恩断义绝的话，你却只是以为我在玩笑。我是有多怕自己会难过啊，这样不顾一切地躲开你。屏蔽了QQ，拉黑了手机号，从此将你从我的世界剔除。

可是你今天还是打了电话来，语气依旧暧昧，我从来不敢去猜测你的心意，因为怕得到的答案是否定的。

如今我仿佛失去了年少时那种不顾一切的心情，大抵是这感情不够深吧。初三的时候喜欢一个男生，真真是喜欢到了骨子里。从他以后，就好像失去了喜欢一个人的能力。再也没有那种心情，可以不顾一切。

所以对你，我也不知道，那是否是喜欢。

我讨厌你的若即若离，讨厌你对我呼之即来挥之即去，讨厌你给我的不安全感。

有时候想，一个人也挺好的，就像我独自坐在体育场的看台上看远处的烟火，夜幕四合，灯火摇曳。

所以如果你不喜欢我，就不要来招惹我，我分不清你是暧昧还是喜欢。

今天你那样说的时候，我有一瞬间的释然。不记得这是第几次，因为你哭得稀里哗啦。不过我猜，大概是最后一次了吧，以后，都再也没有以后了。终究是我不够狠心，或者是不甘，你欠我一个答案，所以我怎么都不肯放手。

　　取消屏蔽的时候,我对自己说,真正的厌恶不是恨着,而是漠视。可是,心里还是免不了会去猜,这么久了你有没有联系过我?会想方设法联系到我吗?会思念我吗?答案是否定的。这么久了,每一个陌生来电我都会仔细看归属,我一遍又一遍地翻着黑名单,生怕有你发的短信被拦截了。我这么做,又是为了什么呢?自欺欺人罢了。

11

他群发的祝福短信
我总是舍不得删掉

口述者：
Melody.L / 北京

每年圣诞、元旦、春节、中秋，他都会给老同学发来祝福短信。

虽然一看就知道是群发的那种，但我还是会一条一条地存在手机里，哪怕手机满了也舍不得删。

手机里他的号码早已删掉，却还是可以一眼认出那11位数字代表的是谁。

只是，我永远没有勇气主动拨打他的号码，对他说一声"喂，你好吗"。

后来听说他上了校内，我搜到了他的名字，却不敢点下去，害怕在他的页面留下我来过的痕迹。

借了朋友的号去加他为好友，看了他所有的签名、日志、照片，从来不敢留下只言片语。

闺蜜笑我懦弱，我笑笑没有回答。他和我的故事谁也不知道，那是我心中最深的秘密。我所有的勇气，都在那一年，给他发去"我喜欢你"的短信后，消失殆尽了。他是个很有礼貌的人，给他短信从来有发有回，独独那一次，他什么也没说，一直沉默到现在。

12

他写的故事里，
一个男孩默默喜欢着一个女孩

口述者：
珍爱GPA / 广州

他坐在我的前面。

校服呆板的白衬衫穿在他的身上却让人觉得格外帅。我老是在上课的时候发呆看他的背影，突然有一天惊觉自己喜欢上他了。

听说他喜欢写东西，就拉着他，要和他合写一部小说。我提议说一人写一段，要写真情实感，真实流露的感情才好看。他大为赞同，就答应了。

其实我的小心思是想通过他笔下的故事知道他心底的故事。

他写的是一个男生默默喜欢一个女孩子，那女孩子长发、圆脸、眉毛弯弯，笑起来有个重重的酒窝，还喜欢戴粉色的发圈。

我跑去照镜子，怎么看怎么觉得他说的就是我，心里高兴的不得了。

可小说连第三页纸都没写完，晚自习下课的时候，就看见他车后座坐了个女孩子。

那女孩子长发、圆脸，眉毛弯弯，笑起来有个重重的酒窝，头上扎了粉色的发圈……

原来，艺术真的是来源于生活，又高于生活的。不知何时，我才能遇见那个把我写进书中去的人呀。

13

心情不好，拔过他的气门芯

口述者：
偷偷说爱你 / 香港

我考进高中的时候，哥哥嘱他关照我。

那个时候我叛逆，对哥哥的安排很是不以为然。后来才知道他是学校的学生会会长，学习好，人长得帅，是无数女生心中的白马王子。

他对所有人都一视同仁，只是对我特别关照。带我去食堂吃好吃的，带我去外人不能进的图书馆；我脚摔伤了，除了每天骑车带我去学校，还会把我抱进教室。

遇到别人问起的时候，他总是说，这是我妹妹。我不想当他的妹妹，我已经有自己的哥哥了，没必要再多一个。

所以总是对他耍小脾气，偏要和那个他不喜欢的男生亲近。帮那人整理笔记，帮那人买饭，不过买饭的时候，却总是买成他喜欢吃的东西。

别人都以为我喜欢副会长，但他听后不以为然，说小姑娘长大了。什么啊，难道我的心思就这么难懂吗？

真想揪住他的耳朵喊，我喜欢你啊，笨蛋！

不过还是不敢，郁闷之下，把他车子的气门芯给拔掉，看气一点点泄出来，却高兴不起来。

14

为了他，跟男友分手，
放弃升职加薪甚至辞职，
改变城市甚至迁户口

口述者：
maggie / 上海

我会买礼物送他，名牌香水、名牌袜子、名牌酒、名牌衣服……甚至月饼也是名牌的冰皮月饼。

我喜欢他用我钟爱的PAUL SIMTH袖扣，用我送的网球拍打球的时候，我还会跟他撒娇。我缠了他三天才知道他的支付宝密码，把密码改成了我的生日。

没办法，其实我什么都有，可就是想问他要他的东西的使用权，笔记本电脑、单反相机、壹ITOUCH、瑞士军刀……

仿佛占着他的东西，我们就有了一种真实的联系。

我觉得自己都不像自己了，对他无法抗拒，甚至和男朋友分手，拒绝所有追求者，放弃升职加薪的机会甚至辞职，改变城市、迁户口，来到他的身边甘心做一个小卒。

我知道，他是不会娶我这样的富家女的，在他眼中，我骄纵蛮横，可我如果不这样的话，在他面前，我只是个透明的存在啊……

15

既然他不嫌弃我矮,
那我也不嫌弃他高吧

口述者:
猪兔子萝莉 / 北京

两个人相差30厘米是什么感觉呢？

就是一抬头只能看到他宽宽的肩膀，手伸平刚刚能搂上腰；是穿10厘米的高跟鞋站在高他一级的台阶上，也只能平视他的下巴；是拥抱的时候他整个人都要弯下来我还是往上够得很辛苦；是即便我们手拉手，也没有人顺理成章觉得我们是一对儿，起码不太看好……

可是我们就是这般在一起啦！

当我知道这个摩羯男不动声色地惦记了我这么久，我还没等到他正式表白就抓紧时间扑了过去。他称呼我为萝莉，然后自称是蜀黍，谁知道他心里玩的什么把戏。但是，好吧，看在他对比得我如此娇小的份上，我就接受了吧。虽然不知道25岁高龄的我能不能再长个儿，但大不了，我就为他把最爱的匡威收起来就是了！

为了做好他的小萝莉，我戒烟戒酒戒眼线戒香水，争取从里到外干净清爽；为了做好我的蜀黍，他全天候待命还改了形象。我一直觉得，曾经我和他的距离不止是身高的30厘米，但此刻我分明能感觉到我们努力向彼此靠近。

既然他不嫌弃我矮，那我也不嫌弃他高吧。谁在乎那该死的30厘米！

16

上学时拼命学习，只为榜单上我们的名字是挨着的

口述者：
最不靠谱的周小兔 / 青岛

他是我们班的第一名，雷打不动的第一名。平时也没看见他怎么学习，简单地讲，从外表根本看不出他是成绩优秀的那一类。

每次月考完开班会，老师让他上台介绍自己的学习经验，他总是站在台上讲十几分钟，但基本和学习毫无关联，弄得老师哭笑不得。我长相一般，基本扔在人堆里就找不着了，家世也一般，不怎么会打扮，也不会撒娇，不会像有些女孩子那样天生嗲声嗲气。为了想办法让他注意到我，除了拼命学习，让自己的名字和他的名字在成绩榜单上挨在一起之外，我实在想不到别的办法。为了这个目标，我每天晚上都要开夜车，基本只睡五个小时左右。就这样努力了两个月，终于在高二期末考试的时候，和他的名字在榜单上紧紧挨在一块儿了。如此迅速的进步让爸妈和老师都跌破眼镜，班主任让我讲学习经验，我站在讲台上，只说了一句话："我没有什么经验，我只想做第二名。"

我看到老师和同学惊讶的目光，也看到他的。

下一次，如果下一次我的名字依然能和他在一起，我就会勇敢地对他说出"我喜欢你"。

17

等到第99次相遇,
就去向他告白

口述者:
在路上的小幸福 / 北京

昨天下课，我从教室出来准备去食堂吃饭，因为这天在他们教室旁边上大课，所以我特地穿了条鲜艳的红裙子。

下楼梯的时候，我还在想要不要走慢一点，说不定会遇到他。一边想，我就一边傻笑。我这个人一旦笑起来，就根本刹不住，而那次又笑得特别傻。结果真的正好他迎面就走过来，我一眼撞上了他的眼睛。凝视着他，刹那间根本无法把目光从他身上移开，同时我还不争气地止不住笑。所以他看到的画面就是：一个穿红裙子的陌生姑娘对着他一直傻笑。

估计他现在还觉得我脑子有问题，丢人真的丢大了。昨天是我这个礼拜第三次遇到他，我想等我遇到他第99次的时候，就去向他告白。

正是为了爱才悄悄躲开，躲开的是身影，躲不开的却是那份默默的情怀。

18

舍不得放开键盘，

怕一放开，

她就不见了

口述者：
落小麦 / 长沙

学校办画展的时候，我第一个跑去。前前后后走了好几遍，嘴里念叨着我的画在哪里，实际上却是铆足了精神去找她的画。故意问边上的人，这是谁画的啊那么难看……巴拉巴拉。

打听她的事情，如愿以偿地加了她的QQ。只是她很少上线，难得被我看到一次，就会一直和她聊。什么都聊，开始只敢说什么你好之类的，时间长一点，就开始说些别的事情，聊到最后头晕眼花，还是舍不得放开键盘，怕一放开，她就不见了。

在博客上提过她几次，结果发现她的好朋友似乎来看过，吓得我立刻删掉，从此有了在本子上写日记的习惯。

电脑里存着能找到的她的全部照片，可以一天看好多次，可现实中却从不直视她，怕被她知道，然后拒绝。能够像现在这样，和她做好朋友，就已经是最快乐的事情了。

所以和她发短信的话，最后一条一定是我的。玩游戏的时候，争取不经意输给她，只要她高兴，就什么都好。

爱的尽头，仍然是爱，只要你愿意去爱。

19

用他的笔一遍一遍写他的名字，
天真地以为当笔用完了，
他就会爱上我

口述者：
在你之后 / 郑州

在最初的时候，爱一个人，总是充满了无知无畏的勇气，和始终说不出口的怯懦。

那一年，我喜欢上了那个不笑的时候很帅、笑起来眉毛弯弯的很可爱的男生。

每次上课，我都故意坐在最后一排，假装摆弄手机，实际上却是在偷拍他。

不仅如此，我还上校园论坛搜集他所有的照片，哪怕是合影、背影，也绝不放过。

更夸张的是，我还会去捡他随手丢弃的垃圾——他写过的算草纸、忘在桌兜里的笔，甚至是用过的旧参考书……

我像是着了魔一样，用他的原子笔在日记本上一遍遍地写他的名字，幻想着等这支笔用完了，他就会注意到我，就会爱上我……

只是，我可以疯狂地在他背后做这些事，却不敢在他面前直视他，不敢对他说一句"我喜欢你"。

那支笔终究不是马良的"神笔"，写不出我们之间美好的未来。

我喜欢的人，我就要亲手给他幸福，别人我不放心。

20

高中时用一个有大大笑脸的水杯，
无论座位怎么换，
总是朝向他

口述者：
似水1980 / 重庆

高中时，我用的是一个有大大笑脸的水杯，上课时放在堆起的课本上，特别醒目。班级里的座位是按成绩排的，一月一换，可无论座位怎么换，那个水杯上的笑脸总是朝向他，代替我永远鼓不起勇气的微笑。

上课的时候，每当老师讲到我不感兴趣的地方，我就总是习惯低头在课本上胡言乱语，涂涂画画，偶尔也会不经意流露出自己的心意，比如不小心随手写了他的名字，又或者画了他的Q版小头像。

有一次，他顺手借我的化学课本时，我大为紧张，野蛮地抢了回来，那狼狈劲儿别提了，他的眼神都好像在说这个小气鬼。

可我后来想想，这样总比被他发现了我的心意后疏远我要好得多。

我想，这么多年来，在他眼里我不过就是一个怪物吧。

不过，总比没有印象要好得多，我如是安慰自己。

21

把他的照片和自己的
照片合成一张,
好像坐在一起一样

口述者:
yiko / 广州

抽屉里锁着一本厚厚的日记，几乎全部都以他为主题。关于他的一点一滴，我每天记录，从不间断。

每每拿出来翻阅的时候，总会想起当初傻傻的自己。

空下来就会去逛和他相关的人的空间，一张一张照片、一条一条留言搜索着，希望能发现点什么。

偷偷把他的照片和自己的照片合成一张，好像我俩肩并肩坐在一起。只是那张照片我很少去看，看的时候很激动也很高兴，心惊胆战地左顾右盼，怕被人看到也怕被人笑话。

偷偷录下他打篮球的样子，放在手机里一遍又一遍地看，他的每个动作我闭着眼睛都能回想出来。

我曾经坐在他家楼下等他，等到他来了却又跑开藏起来，等他进了楼才敢再出来。

现在想想，我和他所有可能的交集，都被我这样躲开了，到最后，成了一场无疾而终的单恋。

22

他说，我答应某某当她的男朋友了

口述者：
梦中旅客 / 北京

100

我的妈妈信佛，每年都要带着我和爸爸去普陀山还愿。

我跟在她后面，许愿的时候，我总是要先保佑父母朋友平安幸福，再希望可以上什么好大学，这类要紧的许完之后才敢乞求一份圆满的爱情。

有一次觉得自己应该勇敢一点，就只许愿获得爱情。许完愿特别紧张，就随便发了条类似"最近好吗"的短信给他，左等右等也不见他回复，一路忐忑不安地下山后才收到新信息的提示。

犹豫了半天，闭着眼睛点开了短信，只看到他说："不好，噢，我答应某某当她男友了。"

当时觉得自己一下子懵了，五雷轰顶，自己难得敢主动一次居然还是这种结果，到最后我连短信都没有回他就直接关机了。

从此之后，我觉得要是向佛祖许愿健康平安，还比较容易实现。缘分之类的事，果然还是只能靠自己去争取。

23

在你打工的肯德基橱窗上，
用口红写：
某某，加油！

口述者：
迷城花园 / 台北

这样想来，我似乎没为你做过什么惊天动地的事情。

你母亲生病住院了，你整天无精打采的，我看了真着急，在你打工的肯德基橱窗玻璃上，我用口红写道：某某，加油！

你考试成绩下降，我就溜进你们班，在黑板上写：某某，加油！

有一次想你想得发疯，拜托了你的同桌偷了你用过的草稿纸给我，看见你的字，就忍不住地想笑，开心。

距离远了之后，我开始给你写信，开心了写、不开心了也写。

在我去过的每个地方拍照，寄给你，记录一切与你有关的事情，再琐碎也不要紧。

你说你很感动，但仍旧无法爱我，你说感动并不是爱。

其实，你看见的，只是我为你做过的百分之一。

爱或者不爱，没有退而求其次。

我从小就自卑，一个女孩子，个子不高，皮肤也黑，身体圆圆的像只水桶。

再加上我也没什么才华，不会写诗，不会唱歌，成绩也一般般。在遇到他以后，我变得更自卑了。因为他又高又帅，皮肤白皙，好像电影明星。他会打球，会唱歌跳舞，成绩也好，身材还一级棒，真是要什么有什么。学校里有很多女孩子偷偷喜欢他，我只是其中一个。

好不容易打听到他的MSN，可加了他之后又不知道说什么。

想了快一个月，我也没想出一个精彩的开场白主动搭讪。所以只好每天点开他的MSN，看看他的头像，然后趁旁边没有人，就用手指摸摸屏幕上他的脸，一面还在想精彩的开场白。

24

丑小鸭曾喜欢过白天鹅

口述者：
原来你还在这里 / 成都

如此反反复复，直到我把头像关掉。

有时候我在想，如果他知道有这么一个丑小鸭般的姑娘喜欢过他，会是什么感觉呢？会不会觉得我想吃天鹅肉呀？我不敢再想下去了。

再想下去，我就要哭了。

25

他遗失的物件，
成了我最幸福的护身符

口述者：
小静 / 香港

捡到了他的学生证，坏心眼地没有还回去，留下来当我的护身符。遇到困难的时候，紧紧将它贴在心口，立刻就有了面对问题的勇气，仿佛他给了我力量。

去他去过的地方，听他听过的歌，喝他喜欢喝的饮料，吃他喜欢吃的东西，看他喜欢看的动漫……

他的名字恰巧是超级常见的形容词，有他名字的杂志、报纸，甚至是人家贴做宣传的海报，我都会去买下来。

别的，什么也不看，光看见那两个字脸上就会浮现出傻笑来。写稿子的时候，哪怕牵强，也会用上他的名字。总之似乎觉得，他的名字在我的生命中多起来，我就能和他再靠近些。虽然我是近视眼，也一定会在人群中找出他的身影。眯着眼睛，像猫一样，只要他在，哪怕只看见后脑勺或者一角，也能够找到。可是，几次"偶遇"他的时候，心跳快得都要喘不过气，却总是在面对面的一刹那低下头。我那爱的勇气，只能用在你转身以后。

26

给他写信,写我的一天,写高中时认识他到喜欢他的种种细节

口述者:
天绿绿 / 宁波

那时候我念高二，他是我们校篮球队的队长。

有一次和隔壁学校比赛，因为前锋受伤，我们在最后关头输了一个球，导致全校同学愤愤不平。

我想，他一定很难过吧。看到他垂头丧气离开球场的样子，我就忍不住很担心。借故跑回教室想同他说一些安慰的话语，没想到在看到他后却紧张得张不开口，只好傻乎乎地走到自己的座位随便拿了本教科书就出来了。

后来上了不同的大学，我准备了一个漂亮的小本子，每天给他写信，写我在大学里一天的生活，写我当年在高中认识他到喜欢他的种种细节。

写满了整整一本我也没有勇气寄出去——因为那是写给我自己的。

在想他的时候，拿出来看看，每次都有不同的感受。

现在我参加工作了，依旧没有谈恋爱，偶尔还是会想起他。听说他军校毕业后分到了部队当教官，好像也还没有女朋友。

27

我知道,
他追到她的那天,
就是他离开我的时候

口述者:
恩汐 / 哈尔滨

我承认我的脑袋被门挤了,我承认我的情商有问题。可这又能代表什么,又能改变什么呢?要留在一个男人身边,最长久的办法难道不是做他的红颜知己吗……

我乐意帮他追他喜欢的人,乐意代替他照顾他喜欢过的人。比如他喜欢隔壁班的小欧,我就每天帮他送情书,有时候还帮他抄一些肉麻的小诗作为他创作的素材,他的每一封情书我统统都看过,还帮他修改过不少错别字。小欧过生日,我帮他挑选精美的礼物(其实是挑我喜欢的,不过他不知道)。他想知道她的小隐私,我就不厌其烦接近自己的情敌以便打探军情,期待他能在追求女生的事情上打一个完美的胜仗。

我知道,他追到小欧的那天,就是他离开我的时候。

可即便这样,我依然愿意这样一直傻下去,一路傻到黑,傻到天荒地老。

28

曾以为只要和他做一样的事情，
就能成为他喜欢的人

口述者：
frankkkk / 重庆

爱屋及乌。这是我对他唯一的态度。

他喜欢喝农夫山泉，所以我也从来只喝农夫山泉，不论多么单调。

他喜欢冬天只穿单裤子，所以我也从来只穿一条裤子，无论多么寒冷。

他喜欢用木糖醇的盒子装小药片，所以我也弄来了同样的盒子放维生素丸子。

他喜欢用钢笔写字，所以我也从来不用签字笔、圆珠笔，偶尔他还会来和我借墨水。

他喜欢下雨不打伞，所以我也不顾淑女形象在雨里面一顿狂奔。

他喜欢做的事情，我也喜欢做。他喜欢的味道，我也都喜欢。他喜欢去的地方，一定少不了我的影子。我以为只要我做和他一样的事情，就能成为他喜欢的那个人，哪怕他不喜欢我，也至少会让我和他的距离变得短一点再短一点。

实在想他了，我就打他的电话，却从不出声，听那些稀稀拉拉的电波声，我都会幸福地掉泪。

29

他回我的短信都很长，
让我读得很感动也很温暖

口述者：
时光宝贝 / 花溪

在高中整个班的同学之中,我和他算是挺聊得来的朋友。

高三的时候因为学习的原因,大家都很少上网,每次和他发短信,他回我的短信都很长很认真,让我读得很感动也很温暖。

到后来上了大学,他出国,我留在国内,但是每年他还能记得我的生日,曾特地上QQ跟我说生日快乐。而我每次上Q也都会习惯性地看看他的资料有没有改,直到某天发现了一个让我伤心的事实——他有女朋友了。

在他有了女朋友之后,虽然态度还和以前一样,认真坦率,关于出国的事也很乐于帮我解答,可我却经常觉得这样一直麻烦他让我很尴尬。

当初决定出国是为了离他更近一些,可现在没有了目标,我却还是不得不继续下去,这是何苦呢?

算是朋友了吗?其实都不重要了,那段和他在一起度过的时光才是我最珍惜的回忆。

谢谢你教会我爱,让我成长,在歧路绕远了,你没有走远,你让我明白,爱很珍贵而又难寻。

30

每次想念就看看他的照片，
仿佛这样他就会离我近一些

口述者：
Hero24 / 西安

他是我的邻居，却和我不熟，以至于我喜欢他的那会儿常常跑楼梯，本来一次下楼可以干的事硬是要拆成几次，就是为了增大巧遇的概率，比如两个垃圾袋明明可以一手一个，我却非要一个一个拿下去，诸如此类。

　　曾经试图从窗前拿长焦相机偷拍他，但因为太紧张了，每次他一出来，我的手就忍不住地发抖，一半是激动，一半是怕他回头往上望，结果没有一次是拍好的。

　　所以只好通过对他极其有限的了解连蒙带猜把他从校内挖了出来，知道了名字、年龄，即使现在也不敢确定那就是他，但想想就够了。

　　从他所有好友的页面里搜集有他的照片，哪怕只有一双脚。但有张很俗的会让我幻灭的照片我死都不收，每次看到它都把目光移开，既想看又不敢看，就像看他本人一样紧张，但每次想他的时候我又会忍不住去看，仿佛只有这样才会觉得他离我近一些。

　　在猜出了他的名字之后，我拿着他的名字和生日去命理网站算命，网上好像说他是个爱钱的人，名字和我的匹配度只有76分，虽然不高，我却很满足了。

　　因为，我正在慢慢接近他的世界，在他不知道的时候。

31

少年时期的喜欢很单纯，
只是偷偷看着他，
心里就很开心了

口述者：
迷失LOST / 南通

我就是这样花痴的女生。每天偷瞄他，没事总在他经常出现的地方溜达。

看他收到其他女生送的情书后默默生气，把稿纸撕得一条一条的，脚丫子跺得狠狠的。当他把那些情书丢在垃圾箱里，我又会破愁为笑，嘻嘻哈哈地跟好朋友一起说说笑笑。

晚自习放学的时候，经常甩掉好朋友，偷偷跟在他后面，希望有一天他会发现我在跟踪他，又害怕会被他拆穿，然后拒绝我，像扔那些情书一样把我从陌生人里直接拉到黑名单。

少年时期的喜欢很单纯，只是偷偷看着他，心里就很开心了。

只要他没有女朋友，我似乎就可以在心里守护他，虽然他不知道。只要看到他笑，我也会不自觉地高兴起来。傻里傻气的，无药可救。

我就是这样的女生。不知道很多年之后，我会怎样回忆这段时光。也不知道多年以后身边的那个人，会不会就是他了……

32

每次见到他都想哭，
后来变成见一次面
就打一次耳洞

口述者：
南座 / 株州

初中三年，我们都是同桌，每天从早读课到晚自习，二十四小时里有一大半我们都在一起。

我们关系很好，会一起去食堂吃饭，也会在晚自习结束后一起骑车回家，但每次别人拿我跟他开玩笑的时候，他都会拍着我的肩膀说我们是哥们儿。哥们儿？谁想跟你做哥们儿啊！

那时候的我，以为我们会一直这样走下去，以为总有一天，他会看到我的好，可是我从来没有想过，时间过得这么快，我们毕业了。初中毕业，他毫无悬念地去了本市最好的高中，而我则留在这个只剩下回忆的校园。后来，我巴巴地跨越了大半个城市去看他，结果他却给我介绍了他的女朋友……回来的时候，我哭了一路，最后跑去店里打了个耳洞，因为有人说，打耳洞的痛会让你忘记那些伤心事，忘记那些不该记住的人。

高二时在游乐场的偶遇，高三时他回母校看老师，高中毕业的同学聚会……到现在，我的耳朵上已经有了四个耳洞，而我，还是没有忘记他，每次见到他我都想哭。

现在，他去外省读书了，我们，应该没机会再见了吧。

33

借生日送了一个杯子给他，
自己偷偷地也买了
一个一样的杯子用着

口述者：
终结狂欢 / 沈阳

他生日的时候除了他的哥们儿们，几乎全班女生都去了，我也不例外。

酒足饭饱之后大家转移场地，包了一个很大的包间去K歌。班花给他定了一个很漂亮的水果蛋糕，关上所有的灯，只剩下背投电视与蜡烛的光亮，许愿、吹蜡烛、唱生日歌，所有人都递上送给他的礼物。

我送了他一个杯子，有人说这代表一辈子。他那么优秀，那么多女生都喜欢他，我算什么呢？我们连话都只说了不到十句……

后来，我给自己也买了同样的杯子放在家里，偷偷地用，这样，就假装我们有了一样的情侣物品了。

他没有和班花在一起，也没有和我在一起，而是选了隔壁班一个普普通通的娇小女生。

他们用一样的情侣手套、情侣手机链，而我，再也没用过那个杯子。

34

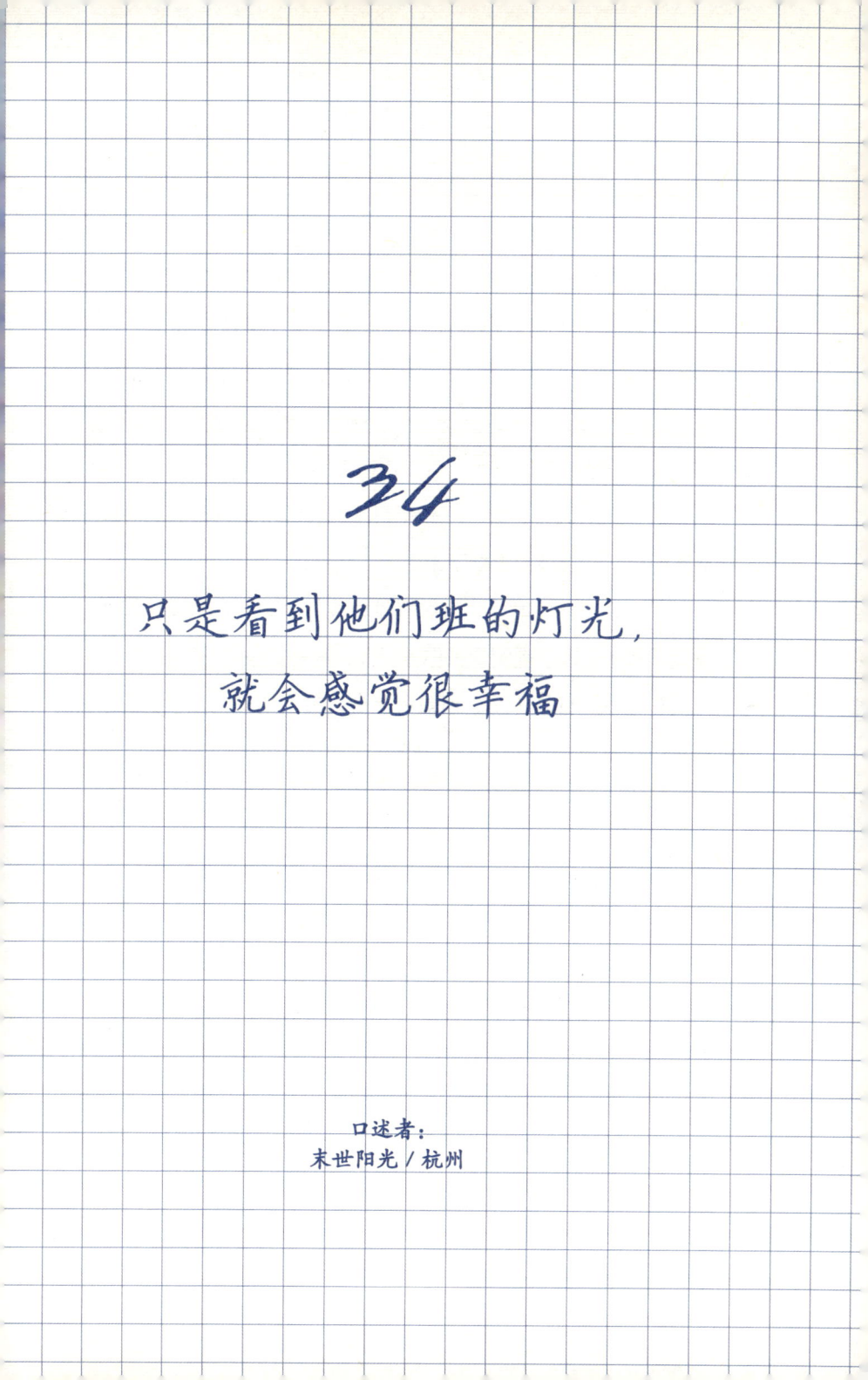

只是看到他们班的灯光，就会感觉很幸福

口述者：
末世阳光 / 杭州

我是个有点闹腾的女孩，但看见他就会变得很温柔。

每天在走廊上和他擦肩而过，觉得这个样子就足够了。总是在"巧遇"的最后一刻低下头去，所有的勇气，在见到他时都会消失。

初中时的晚自习，总是忍不住往他们班看，其实根本看不到他，可即使只看到他们班的灯光，就觉得很幸福。

解数学题的时候，想定理想得很辛苦，每次学到烦躁的时候，望向他在的班，心里就会安静下来。

终于，临毕业的时候，有次遇见，我鼓足勇气，羞涩地问他记不记得我是哪个班的。他笑说：你告诉我，我就记住了。

我和他就这样认识了，但最后还是只做了朋友，似乎我们之间的感情更适合做朋友，这样更开心些。

35

你可以爱很多人，
但只有一个人会让你笑得最灿烂，哭得最伤心

口述者：
小小小小 / 齐齐哈尔

我跟他在同一所高中同一个年级读了三年书却互不相识，一直到高考后的那个暑假，才在一个QQ群里因为朋友的胡闹而认识了。最初的时候，因着相似的性格，我们在QQ上无所不谈。后来，他来我大学找我玩儿，才赫然发现，原来他是这么帅气的一个人，和他并肩走在校园里，令我小小的虚荣心得到了极大的满足。

这之后，再在网上和他聊天的时候，我的心态就变得患得患失了，他回消息慢了我不开心；我说了一大堆他回个哦，我又不开心，觉得他在敷衍，是不是觉得我很烦；甚至他在线却没和我说话，我也会不开心……就这样，我的一颗心因为他不经意的举动上上下下。

不仅如此，我还会自恋地以为他会因为我上线而上线，因为我下线而下线，整日沉浸在自己的幻想里傻乐呵。

直到有一天，他跟我说他喜欢群里的另一个女生，我才知道，他的目光，一直都没有停在我身上过，一切，只是我想得太多。

或许可以爱很多人，但只有一个人会让你笑得最灿烂，哭得最伤心。

36

跑到高高的楼顶,凝望他远去的背影

口述者:
number Z / 天津

说出来不怕别人笑话，从小到大，我喜欢过许多人，后来大多数都成了好朋友。可影响最深的那一个，无论是当年还是现在，我都不敢看他，对他又敬又爱。

起初，在校园里遇见他的时候，会低着头擦身而过，或者赶紧绕道走，不敢去看他。

到后来熟悉了，就会在他说话的时候装作毫不在意，甚至刻薄地反驳他，看他微微皱起的眉头，就忍不住在心里偷笑。

放学的时候，会在楼上的教室里一路目送他回家。有一次，甚至跑到高高的楼顶凝望他远去的背影，结果差点被当成跳楼的，被保安护送下来。

会因为他而觉得孤单很可怜；会因为他而不再习惯独自一人；会因为他的出现而不知所措；会因为他的再次出现而扰乱了难得抚平的心情……是不是终我此生，都没办法逃开他的咒？终究还是错过了，事到如今，也只能说一句：可惜不是你，陪我到最后。

37

我梦见我做了他的贴吧吧主，里面全是暗恋他的人

口述者：
奥里奥 / 青岛

朋友们都知道我去唱K时的必选曲目是《没那么爱他》,唱给不争气的自己,唱给他。

说不清他哪里好,我却着迷得不得了。

他个子不高,不过两个人可以平视彼此也挺好的;他眼睛不大,不过眼神晶亮很有神;他不爱笑,不过严肃的时候显得特别有气质;他考试成绩不好,不过弹吉他唱歌水平一流……

有次我做梦梦见我做了他的贴吧吧主,里面都是暗恋他的人,这已经够傻了,更傻的是,醒了之后我居然还真的上网去看是不是真的有他的贴吧。

果然,我太喜欢他太在乎他了。

必然没有他的贴吧,又不是什么名人。也还好没有,他还是我一个人心中的秘密情人。

38

我在严寒中等了他那么久,
他却和另一个女生在一起

口述者:
海那边的蓝 / 大连

偷偷地喜欢一个人是件很煎熬的事情。

上课的时候，我总会忍不住偷偷看他，又害怕他发现；课间我总是装作不经意地从他身边经过，却又怕显得太刻意；犹豫半天才想到个话题想和他说话，结果却连上前的勇气都没有……

有天下午放学，我在学校晃悠了将近两个小时，希望能和他"偶遇"，结果一直等到我饿着肚子回到教室，也没能碰到他。最后没想到同班的女生回来告诉我，原来他今晚请她在外面吃饭……当时真的很生气，我在严寒中等了他那么久，可他却和另一个女生在一起！

那天晚上的晚自习，自然是什么书也看不下去了，回家后，我蒙着被子哭了一整晚，我难过的是他为什么要喜欢她，为什么不能看一看我，为什么我要喜欢他，那么卑微地喜欢他……

偷偷喜欢一个人真的很煎熬，但最煎熬的，却是明明知道他喜欢的不是你，还是忍不住把目光停留在他身上，忍不住为他欢喜，为他生气。

39

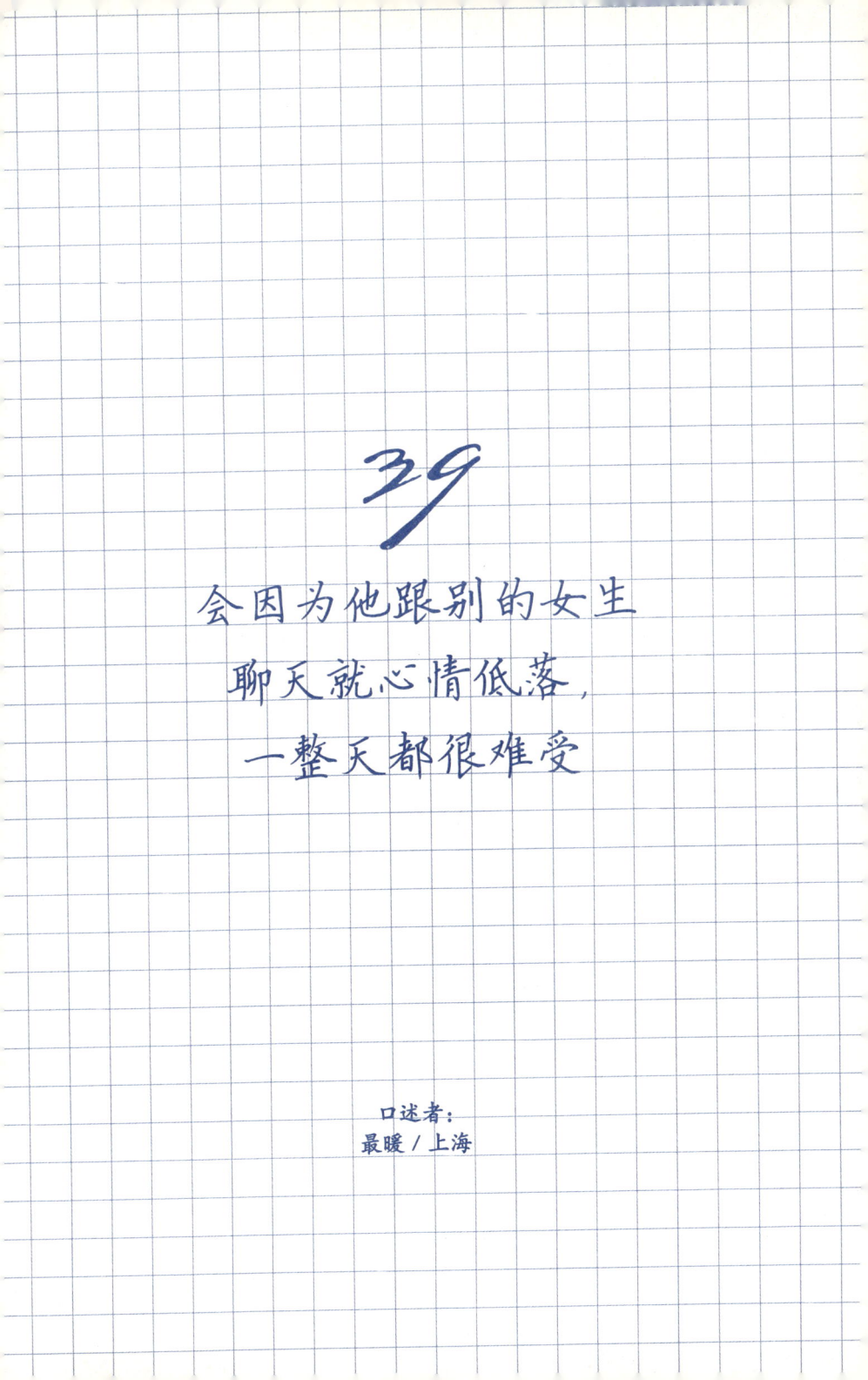

会因为他跟别的女生
聊天就心情低落，
一整天都很难受

口述者：
最暖 / 上海

我总是喜欢像他这样不靠谱的男生，看起来人很好，长得也不错，说话风趣幽默，有理想有见地，也有很多女朋友。

我总希望，他的眼里只看到我一个，他只和我聊天，只喜欢我一个，可现实是——他对谁都好，跟谁都可以聊得很开心，对谁都是若即若离……

那天放学的时候，我看到他和一个女生边走边聊天，看起来很开心的样子。跟在他们后面，他没有注意到我，更没有注意到我的眼泪……

为了这件事，我难过了一整天，自己跟自己怄气，明明知道他不会真的喜欢我，却还是在每次见到他的时候，忍不住鼻子发酸，忍不住想哭。

曾经，我恨不得一天24小时他都在我眼前，这样我就可以看到他的一举一动，他生活的一点一滴；现在，我却希望他彻底地从我眼前消失，这样我就不会看到他逗别的女生笑，和别的女生一起吃饭，我也就不用那么傻傻的，每次看着他的背影，咬紧嘴唇把眼泪往回咽……

40

在所有物是人非的往事里，
　我最喜欢你

口述者：
栀子 / 丽水

我的大学是在本地念的,从大二开始就不住宿舍了,每天都是学校和家两点一线,过得和高中生的生活相差不多。而他是外地的,住在学校宿舍。

冬天的时候,给他做过爱心便当,为他半夜爬过栏杆,每天大清早都要洗澡,洗得全身香喷喷的,才放心出门。

节假日的时候家里聚会,喝了酒回来,还要一边忍着头痛一边熬夜帮他赶作业。

他生病的时候,我自己一个人到菜市场买鸡,还找老师借紫砂锅,在寝室楼口偷电煲汤,送给可怜的他……记得那次我自己没舍得喝,剩下的都分给好姐妹们了,可还被她们说我见色忘义。

现在想想,那时的我一贯懒散,居然能坚持那么久,还做了许多过去无法想象的事情,如今回想起来着实觉得有些不可思议。不过也只能一笑而过,这大概也只有那被称之为爱情的力量才能让一个人改变这么多吧。

在所有物是人非的往事里,我最喜欢你。

41

只能悄悄喜欢他，跟随他，并习惯这种疏离

口述者：
咸鱼不闲 / 北京

我知道他喜欢看电影，也知道他经常在网上发表各种影评。所以我就傻乎乎地存下他在网上发表的所有的文章，存下有关他的所有信息，然后慢慢研读。

我知道他喜欢的导演是昆汀，所以去碟店找来了昆汀的所有影片，一部部看，还做观影笔记。为的就是有一天遇到他，认识他，在交谈的时候能有共同的话题。

我知道他每天傍晚六点十分会出现在这个车站，于是为了见他一面，经常要放过好几辆自己明明要等的车。

他经常去电影博物馆看免费的电影，所以我也去，只要他不出现，我就会魂不守舍，他出现的话，我会更魂不守舍。

我就这样围绕在他的四面八方，恨不得变成空气去拥抱他。

可是他离我，仿佛总是近在咫尺又远在天边。

我只能悄悄地喜欢他，爱慕他，跟随他，并习惯这种疏离。

42

虽然是微不足道的小事，却也觉得异常感动

口述者：
clubing / 昆明

我是个别扭的人。

可能是太注意他了,所以当年上学时,班上同学就传我和他的绯闻。我心里欢喜,表面上却严重抗议:乱喳喳什么呢?你们这群校园狗仔队!我烦着呢!再乱说拖出去枪毙3分钟……

他估计是喜欢我的,不然不会听到那话很郁闷的表情。不过那时候我根本没有什么炒作意识,虽然有些喜欢他,但还是不懂感情,所以看到他郁闷,心底居然有些窃喜。

不过过一阵子,他也就没有什么反应了。现在想来,如果当时能继续传下去,也不失为一种小幸福。

现在和朋友聊起他当时每天为我打饭,帮我整理桌子……虽然是微不足道的小事,却也觉得异常感动。不是为了炫耀,只是觉得感动而已。

只是错过了就错过了,像向左走向右走一样,选了方向就不会变。

43

紧张地准备了那么久,终究没能说出口

口述者:
三寸鱼 / 北京

带着一丝干燥的风轻轻吹拂我的头发，夏天放学后，知了在树枝上吱吱喳喳地乱叫，我站在自行车棚，心里像长了一团麻。

　　今天，我要做一件伟大的事！

　　抬手看表，距离放学铃声的响起，已经过去了半个小时，车棚里的自行车也陆陆续续被推走，他却还没有出现。

　　我头上冒着汗，不断用湿纸巾去擦拭，在口中喃喃诅咒了十好几次：如果他再不出现我就转身离开。只是口是心非。

　　他终于出现了，和三两个男同学一起开怀大笑着向我走来，我努力想挤出一丝笑容同他打招呼，没有成功，整个人僵在了那里。

　　就在他距离我一百米的时候，我猛然转身，带着羞红的脸向反方向走去。

　　我只想问他一句：你知道，喜欢你的是谁吗？却从来没有成功过。

44

你不需要知道,
我一直在这里卑微地注视着你

口述者:
angelman / 苏州

你不知道吧,我是习惯隐身的。就像不知道哪本小说里的女主角一样,我正默默等着你这个"猎物"出现。

只是,你更多时候都在隐身。

我曾为了我们这个共同的习惯开心不已,却忽视了QQ上有隐身习惯的人千千万万。

你不知道吧,只有看到你上线,我才会上线。蓄谋想好了话题去找你,交谈的时候小心翼翼地跟着你的思路走,说你想听的话,谈你喜欢的话题,只因为我想看见滔滔不绝、神采飞扬的你。

这样的你,我最喜欢。

你不知道吧,我现在都上线了。改掉长久以来的习惯并不容易,但因为你说你习惯隐身,因为我喜欢你却没有勇气直截了当地告诉你,所以我用这种方式让你知道我在,无论什么时候我都在。

我喜欢你,但从不要求你用等价的感情对待我,因为你不需要知道,我一直在这里卑微地注视着你。

45

暗恋很辛苦,
却是我爱你的唯一方式

口述者:
晴天娃娃 / 北京

通过做他邻居的小学同学弄到了他的地址，还求那位同学带我去他住的小区，却被门卫拦在门口，怯懦地说不出一句话。后来被朋友们说胆小。

牢记他们班每一节体育课的时间，每次都特意换到窗口的座位，上课时偷偷向外看，看到他在阳光下跑步的样子，感觉很温暖。

一向最懒的自己，居然会为了他而早起，偷偷观察他早上到校的时间——是每天的7点20分。

于是，天天早起，就为了和他上楼时"巧遇"。拉着朋友绕路去教室，只是为了从他们班门口经过。放学的时候，跑到水房，从那边的窗口目送他走出校门。偶然发现他课间会到水房打水后，从来不带水壶的我渐渐习惯帮同学去水房接水，他们很感动，却不知道其实我另有所图。

暗恋很辛苦，却是我唯一爱你的方式，我甘之如饴。

Stories I Never Told You

错 过

很多年以后,开始相信,有些事物或有些人,仅仅是我们的纪念。
——安妮宝贝

原来,
生命中总有一些人与我们擦肩了,却来不及相遇,
相遇了,却来不及相识,
相识了,却来不及熟悉,
熟悉了,却还是要说再见。

很多年以后,
你成为了我记忆中的一个点。

这一篇45个故事里,
留着不同的遗憾,
他/她们的世界曾经重叠,
又因为不同原因,在故事的结尾,错过了彼此。

1

希望有一天再见面时，
彼此都拥有了非常好的人生

口述者：
米兰的猪 / 合肥

最近过得还好吗？你的胃病还有没有再犯？曾偷偷为你写过数不清的日记和段子，你都有看吗？偶尔的偶尔，你会想起我吗？

其实我有很多的话想要告诉你，却不知该从哪里说起。

有时候有意无意会开玩笑说出真心话，那时候以为她也有跟我一样的心意。一直到今年她生日，准备给她一个惊喜，然后表白的。

请假出去，给你调香水，自己做明信片，买好之前你说过想要的东西，写了长长的情书。

莫名其妙地就会憧憬以后和你一起的生活。

记得你曾说过，你喜欢你要说啊，可是你又没说过喜欢我。生日那天没办法亲自给你，给你做了蛋糕，买了你喜欢的小雏菊，准备好礼物和情书，让快递送到你家。

收到以后，你说："这么久了，从来没人这么认真地做过这些事，真的很开心。"

我在心里偷偷地想对你说：你总说不喜欢你，现在我想告诉你，如果你愿意，我想把这一句话只说给你。我喜欢你，你要不要来和我一起生活？

但是最后，这句话也没说出口，倒不是像别的暗恋者那样没有胆量说，而是我喜欢你的时候，你已经有男朋友了。

后来大学毕业，也少了联系，只能通过网络继续联系。

于是，我依旧只能偷偷地喜欢你，看你现在过得开心，我也就开心了。

你突如其来的一条语音消息："最近过得好吗？"却让我快乐又

伤感。

  我也是你生命中最普通平常不过的过路人，不管怎样还是很感恩，因为你的存在，我懵懂无知的青春里多了一丝努力，也谢谢你让我变得更好。

  我曾经想过：要是我再也见不到你该是多么难熬？就这么想着想着，竟也过去了好多年，开始有了想把自己照顾得很好的心情。

  不管今后你是谁的枕边人，你都会是我青春岁月里最爱的女孩，希望有一天我们见面时，彼此都拥有了非常好的人生。

2

原来,
我曾爱过一个这么好的女孩

口述者:
wendy鱼鱼 / 广州

我和她，相识在一个电台节目的QQ群里。从未见过面，只是在电台做听众连线的时候，我听过她的声音，很温柔很好听。

私下里聊天时，我对她说我喜欢她，她却把这句话往别的方面扭曲了，说了声谢谢我，还说她也很欣赏我。

她拒绝得很委婉，我却不死心。群里的人可能也感觉出我俩比较有默契吧，说话的时候总会影射我们俩的关系。我一边解释着一边心里却乐开了花。

一开始，每次一有人把我俩扯在一起，她都会和对方争论一番，直说到对方哑口无言为止。到了后来，她出现的次数便越来越少……

新年的时候，我问候她，她客气地回复了我，我鼓起勇气对她说：可以让我再喜欢你一次吗？等了许久，她回复了我：对不起，我有男朋友了，我不想伤害你。那一瞬间，我就蒙了，原本计划好的美丽未来看起来是那么的虚幻，是呀，她那么好的一个女孩，怎么会没人追呢？我难过了很久，在那个圈子里销声匿迹。

两年过去了，有一次在出租车上无意间听到了原来的那个节目，DJ说今天是一个女听众订婚的日子，那个女孩希望借节目问候一个她曾经不小心伤害过的男孩，因为她觉得他值得更好的人来爱他。

DJ念的是她的名字。我心乱如麻，原来我曾爱过一个这么好的女孩。

但现在却天各一方了。

3

最后谁都苍老

口述者：
Carmen / 瑞士

错 过

听说男人会把第一个正式的女朋友叫做"初恋",而女人会把第一个喜欢的男孩子叫做"初恋"。

那么,我的初恋,该是那个一直会在我梦里出现的单车少年吧。

那年我们还在读初一。不知道从什么时候起,我注意到每天上学放学的路上,都会有一个男孩子骑着单车从我身边经过,而且几乎每天都是同样的时间。

我认得他。那个楼下班爱打篮球的帅哥。

我知道他也认得我。我是说,他知道我的存在。但我们从来都没有面对面说过话,我们的故事不过是一部无声的电影。

也许,我们根本就没有故事。只是每天清晨我走在上学的路上,期盼着他从后面骑车经过我,然后我再看着他的背影渐渐远去,记下他今天穿着什么样的衣服,想着这一天如何从学校的人群里远远认出他来。等到放学的时候,我再一个人慢悠悠地走在路上,等待着他和班里的同学们一同骑车回家被我遇上。

记得有一天放学,当他照例和同学们骑车经过我的时候,就在我原以为当天的"遇见"已经结束,心满意足一心回家的时候,我突然在街口的转角又再次遇见了他。他跨坐在单车上,单脚着地,一手扶着车一手拿着汽水瓶,仰头喝橘子汽水。我看到了他的脸,正巧撞上他看到我的目光。他有一双明亮的大眼睛,脸上还有灿烂迷人的微笑。虽然当时只有轻描淡写的一瞥，但他那个姿势，那个笑容，那双眼睛，从此就印在了我的脑海里，胜过无数个他在篮球场上飞扬的身影。

除了每天上学放学路上的偶遇，我还很积极地参加每年学校的元旦汇演，希望他能认出在台上唱歌跳舞的我来，但，我们始终没有说过一句话。

就这样日复一日年复一年，我们终于毕业了。

中考考完物理的那天，我就再也没有见过他。听说他去了我们当地的寄读高中，再后来他去了新加坡。从此，他就只在我梦里出现了。每一次都是梦见他骑车的背影，明亮的眼睛，灿烂的笑容，然后我终于鼓起勇气对他说：我们终于认识了。然而每次醒来，我都很惆怅，心想怎么过了这么多年我还是常常梦见他？而我们根本连话都没有说过。

曾经以为我的暗恋故事就这样结束了。我想，可能这辈子这个人都只存在于梦中以及回忆里了。谁知道故事到了后来，竟然变得戏剧化。

三年前他回国了。回到了我们读书的家乡打理家族公司。三年前我到上海工作，还不知道这个消息。直到去年3月份，我们竟然联系上了。刚开始是人人网和开心网，后来是MSN，手机和QQ。还记得我发给他的第一条短信告诉他我是谁的时候，他回复我说："我们早该认识了。"我看着这条短信，傻傻笑了很久很久。

后来我们联系并不算多，但也没有完全间断。前段时间又因为机缘巧合他出差来上海，于是我们在时隔十多年后，终于见面了。

"我想掐掐你的胳膊，看看这是不是真的。"我说。

"掐吧，使劲儿掐。"他大笑着说。

然后我真的掐了他，他笑得更厉害。

那天下午我们在一起过得很开心。他说了很多他在新加坡留学时候的趣事，在陆家嘴看建筑群的时候也跟我讲了很多有关建筑设计的学问；吃饭的时候他会帮我切披萨，放到我的盘子里；我们一起撑伞，躲雨，一起看着夜上海的繁华尽显……

那天我还送了他一件印有他名字的t恤，说，多年没见，这算是见面礼吧。丝毫不提我为准备这份礼物费尽的心思。后来他挑了一副在新加坡买的民族风耳环送我作为答谢礼，我如获至宝。

可是，生活毕竟不是文学作品，不是上演电影桥段。我们的故事在第二天清晨他离开上海的时候也就结束了，真正结束了。

后来听说他回家结婚了，娶的是在新加坡留学时认识的女朋友。从此我也彻底退出了他的生活，再没有任何的联系。

虽然我之前一直对他说，希望他过得幸福过得开心，可是当听到他结婚的消息时，我还是忍不住心痛得厉害。但我又想，也许这是上天特地的安排吧，让他再次出现在我的生活里，圆我当年那个未完结的梦。而从此之后，我的梦里也许不再会出现那个骑着单车每天经过我的英俊少年，而是那个又黑又壮，彬彬有礼却又侃侃而谈的、连说话的声音都很陌生的男人。

只有那对眉眼，那张笑脸，简直和当年、和我梦里的一模一样。

除了，眼角悄悄爬上了岁月的痕迹。

最后谁也都苍老。

最后，我还是没有勇气亲口告诉他：我喜欢你，你知道吗？

暗恋的梦，一转眼，我竟然梦了十多年。现在，终于醒了。

4

习惯难受,
习惯思念,
可是却一直没有习惯看不到你

口述者:
发呆的小顾 / 广州

有时候，我觉得自己很没出息，明明要分手的是我，可到头来，难过的还是我。我又重新游历了中大。同样的路径，从西门入，再从北门出。在看路牌的时候，我留了个心眼，想找到化学院的楼去看看，结果没有从路牌上找到化学楼的踪迹，有点小失落。我安慰自己说，没关系，就先晃荡晃荡好了，本来就是路过而已，没定什么非要达成的目的地。

沿着第一次来时走的南边小道，我一直走，对一路上的岔路视而不见。直走到数学楼的时候，面对又一个岔路口，突然生出一个念头：是不是我的不选择，会杜绝了一切可能呢？于是，我把心一横，向岔路跨出了步子。上天还是对我有所眷顾的吧，我真的没想到，那条路的尽头，竟然就是化学院。

很小的一栋楼，和我们学校的第一文科楼差不多。教学楼的四层，铺着和中大整体风格一致的红砖。我绕着它走了一圈，偶尔可以从一扇窗户里窥见在里边忙碌着做实验的学生。那个时候，你是不是也在这栋楼里面呢？如果你在的话，你有没有看见蹲在楼梯旁埋头痛哭的我呢？对不起，分开以后，我就是这么疯狂地想念着你，对不起对不起对不起……

习惯难受，习惯思念，习惯等你，可是却一直没有习惯看不到你。

5

经常害怕他会随时离开,
所以我先选择了放弃

口述者:
渭同学 / 广州

朋友们说，我放弃的时刻很不适合。他们问我，明明付出了那么多的努力、花费了那么多时间，为什么要在接近成功的时刻放弃？我只想说，我累了。因为喜欢太久、将就太久，终会有一天忍不住对追求已久的他说："我累了。不是因为不爱了，是因为太爱了，以至于忘记了自己，迷失了自己的人生方向，只有他做支撑。"

他的签名说心情不好，我就一整天精神恍惚，课也没有心情上，只想去陪在他身边；他约我出去玩，不管自己是不是很累是不是在生病，我都立马生龙活虎地去赴约；他喜欢打 dota，我就自己研究，希望可以陪他组队……

我知道这很疯狂，可是我停不下来。情不自禁地想对他好，想和他在一起。

可是我的人生终究属于我自己，我会经常害怕他随时离开，如果有一天他对我坦白说只是拿我当备胎……这样的念头和恐惧简直要让我的世界崩溃了。

如果前进也是痛苦，我宁愿胆小地选择后退的痛苦。所以，我放弃了，我转身了，我离开了。对不起，再见，还有——我爱你。

当童话已经结束，遗忘就是幸福。

6

那时候，
我以为靠着你的肩膀听歌，
就可以过一辈子

口述者：
everytime / 天津

我们俩是很好的"哥们儿",整天腻在一起打打闹闹,你说你老婆很大方,不会跟我这个假小子计较这些。你说,她对我们两个很放心。

其实我的心也很小女人,如果被你不小心伤到也会难过,也会疼。可是我是假小子啊,我会掩饰,要不然你怎么还会跟我勾肩搭背,拉着我一起在大太阳底下打篮球呢……

后来,你听到我同其他人说你是个很恶毒的灰姑娘后爸,大热天还拽我出来"晒暖",结果你气得都快冒烟了。

有次下暴雨,我们一起从网吧出来,尽管打了伞,也还是变成了两只水鸭子。你喷喷了两声把你的湿外套给我披上,还说,身材这么不好还学人家淋成透视装。为了掩饰我的脸红,我把你掐得嗷嗷叫。

可能我们之间最温情的事,就是我和你戴一个耳机听音乐吧,会靠得很紧,很静。

其实,你喜欢的重金属常常让我耳朵痛,不过再难受我也不会摘掉的。

那个时候,我总以为靠着你肩膀听歌,就可以过一辈子。

7

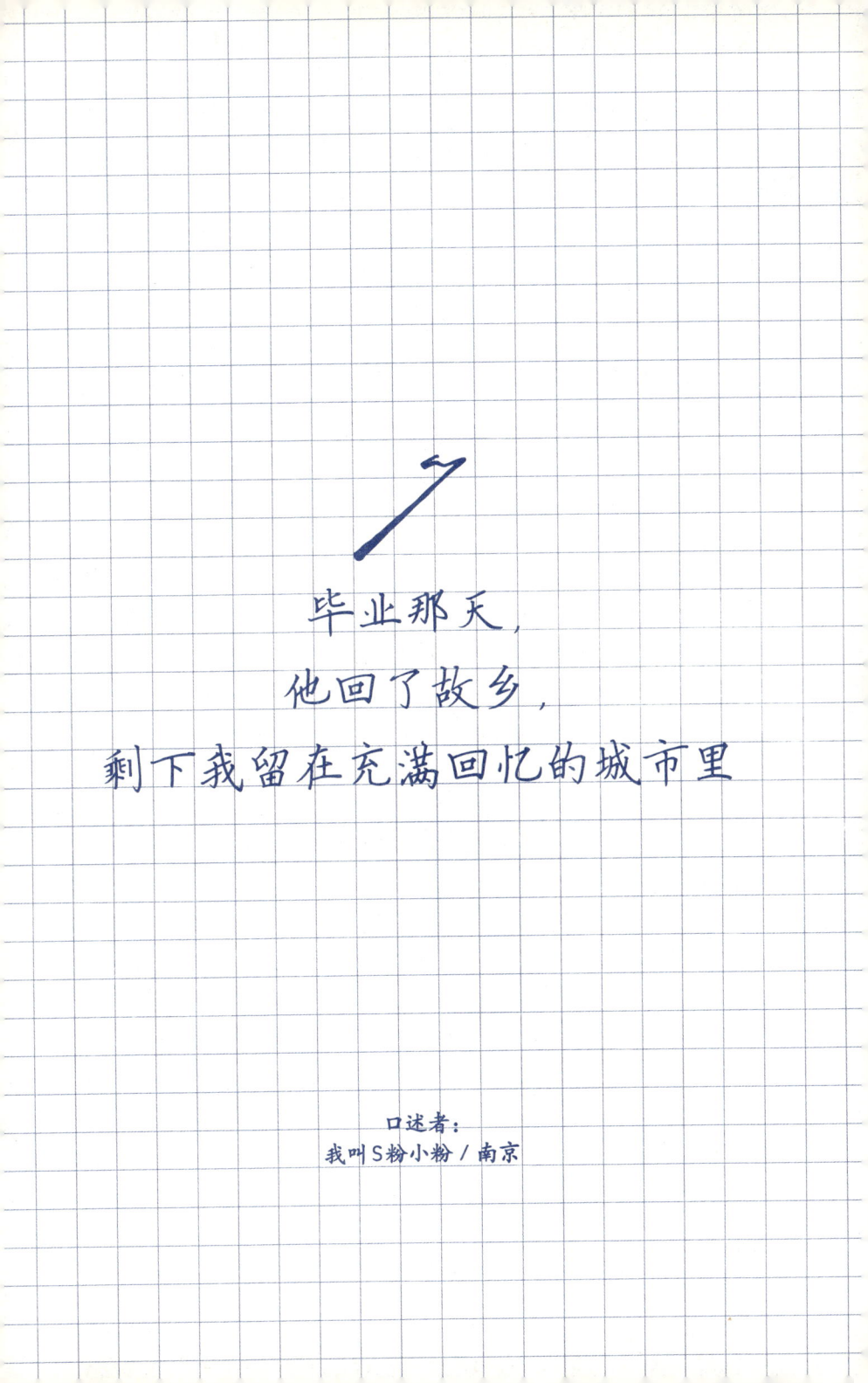

毕业那天，
他回了故乡，
剩下我留在充满回忆的城市里

口述者：
我叫S粉小粉 / 南京

"我喜欢你"这四个字,我对他说过无数次。它比"我爱你"来得亲切,在我和他之间,更真实的存在。从大一时懵懵懂懂地递小纸条,亲切温暖的叮咛,似有似无的小暧昧、小甜蜜、小哀伤,一直持续到大二时对他深深的迷恋,只希望能每时每刻看到他。

大三下半学期,我们被分在不同的城市实习,相隔了230公里。好不容易熬到寒假,我裹着厚厚的衣服来到他的城市。这是我第一次一个人去旅行,第一次爱上一座城,也有了第一个属于我们的纪念日。

大四,我们的关系渐渐归于平淡,习惯了牵手一起走,习惯了对彼此好。平淡的生活中,我中有你你中有我,让我恍惚地以为,这一生就这样陪着他慢慢变老了。

幸福的日子总是飞快地流逝,毕业那天他同我说,他选择回故乡工作。

剩下我留在这个回忆的城市里,每天忙碌地工作,下班回到家依然满脑子都是他。

短信里写过无数遍"我想你",又不断删除,再写,再删。只发出去过一次,他却没有回复,让我心如死灰。

8

在她生日时，
我送给她十六朵雏菊
和一朵白玫瑰

口述者：
e2006 / 深圳

她失恋时，我为她哭过。她被小流氓欺负，我为她打过架。她发高烧，打电话给我，我就冒着雨为她买她想吃的东西。我偷偷跟踪过她，经常在暗处偷看她，收集她喝完的饮料瓶，保存她的头发，跟别人要过她的照片……她在电台发征友消息，我就用不同的笔名给她写过N多信，还注册了十几个QQ号进她的空间给她留言。只要做梦，必然有她的身影，自习时会不自觉地写着她的名字，想着她的笑容。

奢望她成为我一生的伴侣，却没勇气告诉她。眼睁睁地看着她投入了一段新的恋情，也没有说出"我喜欢你"这样简单的四个字。

最傻的就是成了兄妹。在她十七岁生日那天送她，十六朵雏菊和一朵白玫瑰。她问为什么，我没说，到现在也没说，这是我的秘密，从没有人知道。

雏菊代表我爱她的时间，白玫瑰说明我的爱情已经死去。

我真的喜欢你，闭上眼，以为我能忘记，但流下的眼泪却没有骗到自己。

9

不管什么感情,
总有潮落的时候吧

口述者:
莫文翠 / 芜湖

我觉得自己大概是个怪胎，同学都说食堂的饭菜难吃，我却觉得吃食堂挺好。

　　天秤座的我，做什么事有人陪总是好的，一个人吃饭总归有点别扭。后来居然给我发现一个和我一样经常出没食堂的男生。

　　我吃饭无聊的时候就搜索他，结果有一次死盯着他不放，被他察觉了，回过头来瞪了我一眼。

　　当时好糗，只顾着赶紧低头扒饭。渐渐地，我俩在食堂见面的次数多了，偶尔还会点头致意下。现在，他越来越瘦了。我希望他能胖一点，生活如意点，能有情投意合的对象，生活学习都好好的……在我毕业前，我在电台点了一首歌给这段相遇，我们大概不会再见面了吧。最初惊为天人的情愫也在慢慢消退，不管什么感情，都总有落潮的时候吧。希望多年以后回忆起来，不会觉得自己太傻。祝福我们都幸福。

10

忘记旧人很简单，改变习惯却很难

口述者：
风信子 / 深圳

我上学时是父母接送。每次车都会经过他家楼下，我就会仰头去看他家的阳台，看到脖子疼。

别人都盼着父母来接，我却盼着他们哪天有事不能来了，我可以自己坐公交回去，然后溜进他家楼，对着他家的门猛拍照。

曾经假装打错电话，只为了听听他的声音，等他接了之后，又不敢说话，只能束手无措地被他挂断了电话。

曾经站在寒风凛冽的阳台上吹了一个多小时的冷风，只为了等他经过楼下，好让我偷偷看一眼。

直到这么多年过去，我的QQ截图上还存着和他的聊天记录，他说每一句话的表情符号我都能清楚地记得。

我的手机这么多年兜兜转转换了许多个，却把他发的仅有的19条信息换一个存一次，至今仍在。

死党笑我念旧，我想这已不仅仅是念旧，而是一种习惯。

忘记旧人很简单，改变习惯却很难。

11

他在我的世界里，
就像是一晃而过

口述者：
黑石 / 北京

那天晚上，因为太饿我下楼去超市买了一大包吃的，回去的路上被两个人给拦住了。都说这边治安不好，我还是头一次遇见这种事，特害怕，结结巴巴地不知道该说什么做什么。

然后，他出现了，扔了烟就打过去。烟头落到我旁边，等他打完的时候烟头已经灭了，也不知道哪来的神经质，我把那截烟头攥到手里拿回了家。

后来又在巷子口遇见了，他还是在抽烟，我想过去打招呼，可那天的他似乎和那晚的他不一样，有些让我害怕。

再后来，他就搬走了吧，反正没再出现过。然后那片旧房子也拆迁了，我也离开了。我遇见了和我在同一个世界的一个男生，和他恋爱了，分手了。

过了这许多年，我知道我不会再遇见他了，即使擦肩而过，我也依然没有勇气去和他说一声"你好"。

但，这些，都不妨碍我把他放在心的最深处，想着念着。

12

想起那个夏夜,
我记得炎热的天气、
耳边的蝉鸣,
却独独记不起他的样子

口述者:
海滨KISS / 长春

17岁的时候,我以为人生最美好也最痛苦的事,就是喜欢上了坐在前桌的男生。

可以天天见到他,可以看到他上课时的一举一动,上课睡觉,还是偷偷看小说。往往盯着他的背影正看得入神,他会突然回头,借一把尺子一本参考书,然后将我的小心思统统收到眼底。

那年夏天的篮球赛,他们拿了年级第一,晚上大家一起去庆祝,在小酒馆里,一个个喝到酩酊大醉。

凌晨的时候,我和他一起往回走。我看着他的眼睛问他：如果我喜欢了一个人,而他不知道,我该怎么办?

他说了很多话,多到让我知道他什么都清楚。

那个凌晨,他跟我说：时间可以忘记一切,那只是青春年少的记忆罢了。

可从那以后,我就再没有过执念的爱。其实不是爱他吧?是贪恋自己17岁时那种纯纯的感觉吧。当我再想起那个夏夜的时候,我记得当时炎热的天气,也记得耳边的蝉鸣,却独独记不起他的样子……

如果我们白头偕老,"我喜欢你"这四个字就是里程碑；

如果不,它就是墓志铭。

13

我当时一定是被雷劈了
才会对她说：你先走吧

口述者：
松涛 / 天津

大四那年，为了专心复习考研，我一直在一个固定的教室上自习。渐渐地，我注意到有个女孩也一直在那个教室上自习，而且很巧的是，她每次都坐在我的前面。

我越来越喜欢她，但是，内向的我却不敢有任何举动，只是每晚默默注视她的背影。

大四第二学期，已经不用上自习了，不过为了心爱的女孩，我依然每天自习。舍友们实在看不过去了，一致劝我快些走出第一步。决定去表白的前晚，我彻夜难眠。

第二天，我如期见到了她。经过了心潮澎湃、如坐针毡等等过程，最后，我递给她一张纸条："你好！我注意你很长时间了。你是一个温柔漂亮的姑娘，我能和你做个朋友吗？"

女孩看完字条，开始收拾书本，完毕，站起来转身问我："我要走了，你要不要和我一起走？"然后，我说了一句也许是我一生中说过的最经典的话："你先走吧，我还有几页书没看完。"

后来每次看《大话西游》里星爷那段经典的关于"后悔"的对白，我都很想去撞墙。

14

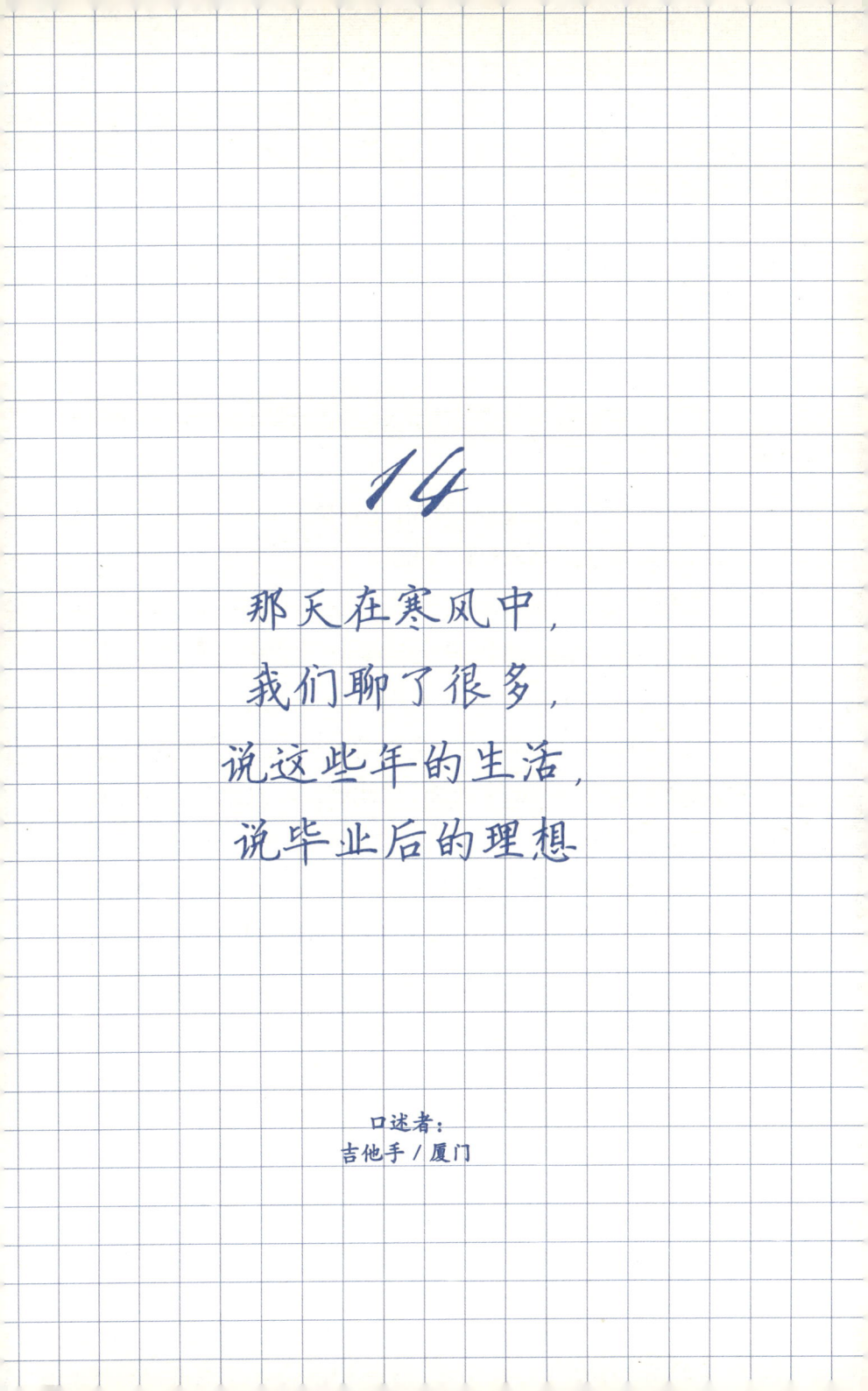

那天在寒风中，
我们聊了很多，
说这些年的生活，
说毕业后的理想

口述者：
吉他手 / 厦门

大学的时候，他是班长，我是团支书，每次有人拿我跟他开玩笑，我都是一本正经地让他们不要乱说，其实心里明明偷偷地乐呵着……

我家在学校附近，而他是洛阳人，每次放假都要坐十多个小时的火车来回。

大一的寒假，知道他哪天返校，我就傻兮兮地跑到学校门口的文具店，假装买笔芯，等着和他"偶遇"。

特别冷，我一边跺着脚转来转去，一边朝着车站的方向张望。

我是学统计的，这种把戏的成功率是四分之一，也就是说，我等过4次，只成功了1次……

到了大四那年，我已经明白即便我表白了也没有任何意义，可是到了他回校的那天，我还是习惯性地到校门口，没想到这次竟然给我真的等到了他……

那天在寒风中，我们说了很多话，说这些年的生活，说毕业后的理想，可一直到最后的最后，我也没能说出那句我喜欢你。就这样，那些没有说出口的秘密，和青春一起，被留在了过去。

15

想起小时候,
你爱谈天我爱笑

口述者:
被雪藏起来的夏天 / 无锡

我在空间写了篇日志，有关过去，有关过去的人和事，有关那个他，也有关我们共同的记忆。

在来访记录里，他是第一个看这篇日志的，可是没有留言。

然后，昨天、今天，我都没看到他在线，我不知道这是巧合还是刻意，我甚至都不敢主动去问他，连像往常那样的问候都不敢。

那只是忽然的一种感触，想起小时候他抱着我的洋娃娃自称"爸爸"，而我是"妈妈"。那是儿时懵懂模糊的感情，你爱谈天我爱笑，什么都是纯的好的。

然而当时的不自知，现在的后知后觉，以及阴差阳错的一次次错过，让我时常有一种恍惚的惆怅。想到他已有了相处两年的女友，顿时心底一片黯然。

并不是想要暗示什么，毕竟我们都不可能再回到过去，他不是那时的"爸爸"，我也不再是当年的"妈妈"，但我却始终没有勇气将他忘记——关于他的记忆，从来不可抹煞。

16

假装他的语气给
自己写了一张卡片，
之后对他再也不留念

口述者：
粉红兔 / 南昌

看到他难过我就忍不住心疼。

在人群中看起来多么明媚的男生，在一个人独处的时候却是另一副模样。

我总会抱着他，坐在地上，听他难过的心跳，看他悲伤的眉眼。

我也是同类，了解他此时的心情。因为即使他在我身边，心里装的却是另一个人。

他说他的心很大，大得可以装下她所有的一切，哪怕是背叛，哪怕是不爱他。

他还说，他的心很小，小得只能装下她，除此之外什么都没法放进去了，没位子了，一点缝隙都没有。

我很累，决定收好自己千疮百孔的感情，过一种平静的生活。不再见他，想念，我想可以慢慢变淡吧。若要别人怜爱，先安装一个药箱。王菲的歌词写得多好。一个早晨醒来，模仿他的语气给自己写了一张卡片，然后对他不再留念，放自己好过——"亲爱的，请不要灰心，这个世界很大，会有人像我爱她那样爱你。你也会坚强，坚强得可以抵挡世界末日。"

17

他给我一只萤火虫，
我把它当做太阳

口述者：
M / 承德

对他来说，我是邻家的小妹妹，但对我来说，他却不只是邻家的大哥哥那么简单。

高一那年的暑假，他们家要搬去北京，那时候我才意识到，这个在过去16年，像太阳一样照耀着我人生的男孩，就要从我的生活中离开了。

那天晚上，我哭着跑到他家楼下，拉着他的胳膊问他是不是要走了，是不是以后都不会回来了。后来他捉了个萤火虫给我，说没有他，我可以把它当太阳，说这只萤火虫会代替他陪伴着我成长。

可是他骗人，装在瓶子里的萤火虫，没几天就死了，而他，也干脆利落地离开了。

一年了，我以为我忘记了，不疼了，可是上个月，在回家的路上，我看到一辆公车上有个人很像他，我又惊又喜，以为他回来了，想都没想就追了上去，跑到气喘吁吁才发现，原来不是。

前几天，收拾房间看到他的大头贴，突然就难过了一个下午，他大概不知道，在他义无反顾地走出了我的生命之后，我还在回忆里恋恋不舍……

18

跟着他走了很长的一段路，走到自己都感觉绝望

口述者：
丹青134 / 上海

当太阳再升起的时候,他就已经在地平线的那端了。

我想那应该是我可以见到他的最后一天,我说舍不得他走,他没说话,只是低了头,慢慢向前走。

我跟着他,也慢慢向前走。

走了很长的一段路,走到自己都感觉绝望。不是因为再也见不到了,而是发现即使到了这个时候,他还是没有主动回头看过我。

所以我停了下来,看他走进停在路边的车子,而后消失在我的眼前。

他没有回头看我一眼,好像我们不过是两条相交线,有一刹那遇到过,然后分开,永不相见。

那天我在路边坐了三个小时,只是呆坐着,没有掉泪。坐到最后,手脚冰凉,才起身回家。

为了送他,我错过了那个月最后一本《城市》,也再没有买到。

而我,也再没有见过他。好像和他真的从未遇到过一样,他上他的车,我走我的路。

19

听说他要结婚了,
我愣了很久,
看着一堆还未来得及用的信纸,
突然很难过

口述者:
宝藏 / 上海

自从他离开本市去北京上学后，我就开始给他写信，不多不少，一个月一封。

每次给他写信，我都会挑出最好看的信纸，端坐在桌前，以最工整的字体一笔一画地写，但往往越在乎就越容易出错，所以每次给他写一封信，我都要用掉一小沓的信纸外加整整一晚的工夫。

当然，这些他都不知道。

寒假的时候，听说他回家了。刚下过大雪的天气，我无意识地走到他家楼下，忽然兴起想给他写封信，于是趴在花坛边上，用便签本写。

信快写完的时候，有个好心的阿姨正好开门，就让我进去了。我一路慢慢地走上楼，在他家的上一层楼梯上写完最后的话："研究生都快读完了，你也可以结婚了呀。"

这是我写给他的最后一封信，可是在他家门口站了好久我也没有勇气上去敲门。

离开的时候，我偷偷照下了他家的大门和他的车，最后把这些照片和那封没有寄出去的信一起，收到了抽屉的最深处。

后来听说他要结婚了，我愣了很久，看到那一堆还没用过的信纸和信封，突然就觉得很难过，很难过。

20

原来在这场化学反应里，我只是催化剂

口述者：
Dear Bear / 无锡

刚上高中的时候，我坐车上学，经常会遇到一个男生，和我穿着同样的校服，在同一站上车，同一站下车。

后来，看着他经常从我们班门前走过，才发现他原来就在隔壁班。

知道了他的名字后，我在日记里以写信的方式记下每天发生的事。比如：今天遇到你的时候，你对我笑了一下，很开心；今天没有遇到你，有一点点的失落；今天小A跑来告诉我，说你想认识我，是真的吗？我好紧张……

小A是我的初中同学，也在隔壁班，因为她的关系，我跟他算是认识了。

再遇到的时候，他会笑着和我打招呼，而我总是会有些紧张，匆忙应过一声后，低头面红心跳地走开。

我在日记里一遍遍地问他：你看出来我喜欢你了吗？你会不会也喜欢我？

我的日记一直持续，直到我发现自己的好友小A原来已经和他交往了一个月才停止。

原来，这场爱情的化学反应与我无关，我只是催化剂。

21

现在我们陪在不同人的身边，
但那时的美好我不会忘记

口述者：
sweet water / 上海

一直到我们毕业后上了不同城市的大学，我才发现自己早就喜欢上他了。

生活里没有了他，就像菜里没有油盐一样无味。

于是，我俩从同学变成了"网友"，用他的照片做QQ、MSN头像，每天都会在线上等他，看他上线高兴得要命，心会噗通噗通跳得厉害，打过招呼之后却又为和他聊什么而苦恼，觉得自己说的都是很无聊的话题。

后来聊熟了，一天没和他说话就觉得这天缺少点什么，期末复习紧张不方便上网的时候，我们就开始发短信。

室友都问我是不是有了男朋友，因为每次我回他短信的时候脸上都带着笑意。

在他生日那天的00：00发信息祝福他，尽管他说发早了……

放假回家的火车上一直在想他，还梦见了他，结果同学聚会的时候他笑嘻嘻地告诉我，他已经有了女朋友，还是和他同一个系的……虽然现在我们陪在不同人身边，但那时的美好滋味我是不会忘记的。

22

那沓厚厚的信，
放在箱底，
至今不敢翻出来

口述者：
叮叮当当 / 杭州

经常浏览学校内的网站，看有没有他的照片在上面。后来有了校友空间和人人网，和他相关的人我都常去看，就是不敢用真名去看他的。知道他有了女朋友之后，跑得更是勤快。因为怕他们知道，每次都会用马甲去看，不过似乎他们从来没有注意到我。

想看到他的渴望越来越强烈，现在发展到只要是在校读书的人的空间和人人我都会进去。

我们在不同班级，下了晚自习后，我经常会拉着朋友去他的教室看他坐第几排，然后飞也似的跑掉。要是他的眼神经过我，我就会慌乱地把自己的视线调走，装成什么也没发生。

高三正是关键的时候，想起不能这样天天看他，难过地大哭，给他写了封厚厚的信，信纸上全是泪痕。

不过那些信一直压在箱底。

还傻傻地以他的口吻给自己回过信，厚厚的一沓，全压在箱底，上面堆了重重的字典，都不敢翻出来看。

现在每次放假都会回母校，说着是去看以前的恩师，实际就是为了去看他。

可是，他好像还不知道我的存在……要不要让他知道我呢？

23

拍毕业照那天，
远远看着他的笑脸，
我知道这一生就要这样没有出息地错过他了

口述者：
海上繁花 / 秦皇岛

我喜欢爱好体育的男生，他是个中翘楚。运动会是他崭露头角的地方。其他同学喜欢运动会，是因为不用上课。我喜欢运动会，却是因为可以欣赏他的英姿。

运动会那几天，班上的同学总是在点名后便悄悄地溜走，只有我固执地坚守着阵地。因为我要留下来看他比赛，他每一分每一毫的表现我都不想错过。

第一轮比赛结束后，他坐在看台上休息，我恰好站在他的身后，中间只隔了一排小树。我心下暗暗兴奋，终于可以肆无忌惮地近距离打量他，眼睛恨不得要在他的后背烧出一个洞来。

看着看着，我就开始想象，如果靠在他的背上，会是什么感觉？

大概是我的视线存在感太强，他突然回过头来，将我呆若木鸡的表情抓了个正着。待我反应过来，只觉得又羞又窘，顾不得有所表示便立刻落荒而逃。一边跑，一边在心里暗骂自己："没出息啊没出息！"只是下一次依然没出息。

直到拍毕业照的那天，我站在操场的另一头，看着他挤在人群中对摄影师阳光灿烂地笑着。心中却很想哭，因为我知道这一生就要这样没出息地错过他了。

我没有勇气对他说喜欢，或者爱。

24

很爱很爱的感觉，
是要在一起经历了
许多事情之后才会发现

口述者：
日光西城 / 北京

200

高中三年，我喜欢一个男生喜欢了三年，一个我明知道他不会喜欢我的男生。

那时候，我为了他拼命学习，因为他参加竞赛我就跟着报名，买不到参考书，同桌把他的借给了我，还帮我画好重点。

后来，到了高三的时候，同桌考上了新加坡的公费留学。临走前的那天晚上，他对我说了很多话，可惜现在，我一句都记不得了。抑或者，我当时就没认真听吧。

高中毕业的那年暑假，他从新加坡回来，打电话到我家，说有空出来玩啊，我没心没肺地说好啊好啊，有空再说吧，就这样，一直到大学开学，我也没和他见面……

再后来，我被我喜欢的那个男生无视忽视，一次又一次地伤心难过，最后被好友痛骂了一顿，我才意识到，一直以来，同桌在我身边，为我默默付出了那么多，我却从没在意……原来很爱很爱的感觉，是要在一起经历了许多事情之后才会发现。

然而，时过境迁，有些感情，在错过以后，却是怎么也追不回来了。我想，现在他大概已经遇到了那个真正喜欢他、重视他的女孩了吧。

25

我什么都想模仿你,
最后你却说,
我们会是一辈子的好哥们儿

口述者:
奥特曼不要再打小怪兽了 / 南京

我的纪念册里，同学们都写我是一个假小子，做事利落坦荡，敢想敢为，不做作，倍儿大气。

我苦笑，原来你已经影响我这么深刻，改变了我的生活方式和习惯。

我做的第一件惊世骇俗的事，就是参加校运会的110米跨栏。别的女生都避之不及，因为这个项目着实不优雅美观。我报名的时候，作为体委的你笑了，说："你练过这个？和我选的是一个项目呢。"那是当然了，没有你在的话，我不会去做任何傻事的。

然后，体育课我选修了篮球，一群男生中间，我的个子显得更矮了，但能有机会和你做投球练习，我心里都要开出花来了。

还有什么事呢？逃课，翻学校的围墙，晚自习课间在操场跑道上溜达……

我呀，都是想模仿你而已。最后你却说，我们会是一辈子的好哥们儿。

26

后来这家伙基本就消失在我的视野里了

口述者：
落日框框 / 无锡

高三时的我处在叛逆期，常常翘课在外面，一直溜达到很晚。大家都放学我才回教室拿书包闪人。

不知从哪天开始，每次回教室时我的桌椅总被摆得规规整整，书包也整理好安然地放在课桌上。

一开始我并没感觉，后来同桌告诉我他暗恋我，我这才有了微妙的心理变化。后来我才知道这一切都是他做的。他每次都会一个人静静地在教室座位上，等看到我回来拿起被整理好的书包，他才走。

知道这事，我每次都会淡淡地扫他一眼，或者干脆看都不看直接闪掉。他每次似乎都想和我说话，但都没有说出来。

当时的我特别看不起这样的胆小鬼，而且很讨厌他那种默默付出的行为，讨厌他每次静静地把门带上、再跟在我后面走。每天都是这样啊！直到有一次，不知道我发了什么神经，以我现在的智商都不能理解那时我的想法。

那天我回来拿书包时，发现他依然在那里等着，我突然冲他发火："喂，你这个白痴，以后再这样我对你不客气了！"

他怔了一会儿，像是很伤心的眼神，后来这家伙基本就消失在我的视野了。

现在想想有些后悔，喜欢一个人也不是错吧。

27

终于有一天,他告诉我:
别胡闹了,
我喜欢安安静静的女孩

口述者:
甜甜蜜蜜 / 天津

206

我喜欢他，所以觉得该让他知道我对他的感情。

新年联欢的时候，他的节目是唱歌，而且是我爱的力宏的歌。我特意用纸做了一个大喇叭，在他唱的时候当众为他呐喊加油。

去春游的时候，为他拍了一张照片，洗出来，放在身边，这样他就时刻都在我身边了。

早到晚退，如此一周，摸清了他的生物钟，然后定好闹钟，与他同步生活。不过似乎他的生活是没有规律的……

我有一个大本子，上面写着我对他的各种感情和希望，还有好几页他的名字，大的小的，不同字体，不同颜色的。

甚至模仿他走路的姿势和各种小动作，百度他，接近他的朋友……

终于有一天，他告诉我，让我别胡闹了。他说，他喜欢安安静静的女孩。

我欲哭无泪：我从来不是一个爱闹的人，就是为了吸引他的注意，我变成了另一个人，他却说他讨厌那样的我……

28

我写了小纸条给她，
告诉她我喜欢她，
可是，她看完紧张地扔了

口述者：
十一月的前奏 / 济南

208

小学一入学便认识了她，我和她每天一起上学，一起放学回家。我们在一起的时候很开心。

一起走到五年级，因为那时候学校里的传言就传开了，说我们俩处对象。她觉得很不好意思，我当时也毫不在乎地做出了解释。

就这样，我们从此就互不搭理了。过了一段时间，在没有她的日子里我才感觉到，自己真的喜欢上她了。那时我写了张小纸条给她，告诉她我喜欢她，可是她看完紧张地把纸条扔了。

等到了初中，我们也被分在了一所中学。

初一时，邻班的一个女孩向我告白，我接受了，谁知道第二天这个消息就传遍了整个年级，谁都知道我和那个女孩好了，郁闷。

那天午休时，我看见了她。

她也看见了我，她走到我面前笑着对我说：恭喜你找到女朋友了。

听完，我心里虽然很难受，但还是点了点头承认。

从那天开始，每次遇见她的时候她都会跟我主动打招呼了，跟我开玩笑，跟我闹，不再拘谨，但是我能感觉到她内心的伤。

因为和我好的那个女孩对我很好，我也很喜欢那个女孩，所以对她的感觉也慢慢消失了，最终变成了记忆里的一个点。

喜欢一个人并没有限制。

29

我渐渐学会了
怎样表达自己的感情，
却也渐渐失去了
那种偷偷喜欢的心境

口述者：
All STAR / 巢湖

隔壁班的他,是我在青涩别扭的少女时代唯一喜欢过的男生。我特意留意别人叫他的名字,只是为了知道他究竟叫什么。因为跟踪他,所以知道他暑假经常去广场滑冰,于是我每年暑假都会天天跑去滑;知道他每次都会坐那个花坛,我每次都提前坐在那儿,摆弄MP3,听他和别人说话,其实,我的MP3从来没有开过。

每次见到他都会禁不住地傻笑,每次见到他都故意绕弯走,再假装和他萍水相逢,假装高傲地和他点头示意,等他走过去了又忍不住傻笑,别扭得要死。

我会留意他的每一个动作、每一句话和每一件衣服,并且记住。会因为曾经和老妹在"有意思"饭店碰见过他,而经常去那儿吃饭碰运气。会在看见他剪头发时,立即发短信给老妹要她赶紧来做头发,我可以在一旁等她。

会因为他喜欢吃草莓刨冰所以我自己也经常去买。会在碰见他的晚上写日记……我渐渐学会了怎样去表达自己的感情,学会了去争取对方的爱,却也渐渐失去了那一年那种偷偷地喜欢一个人却害怕他知道的别扭心境。

30

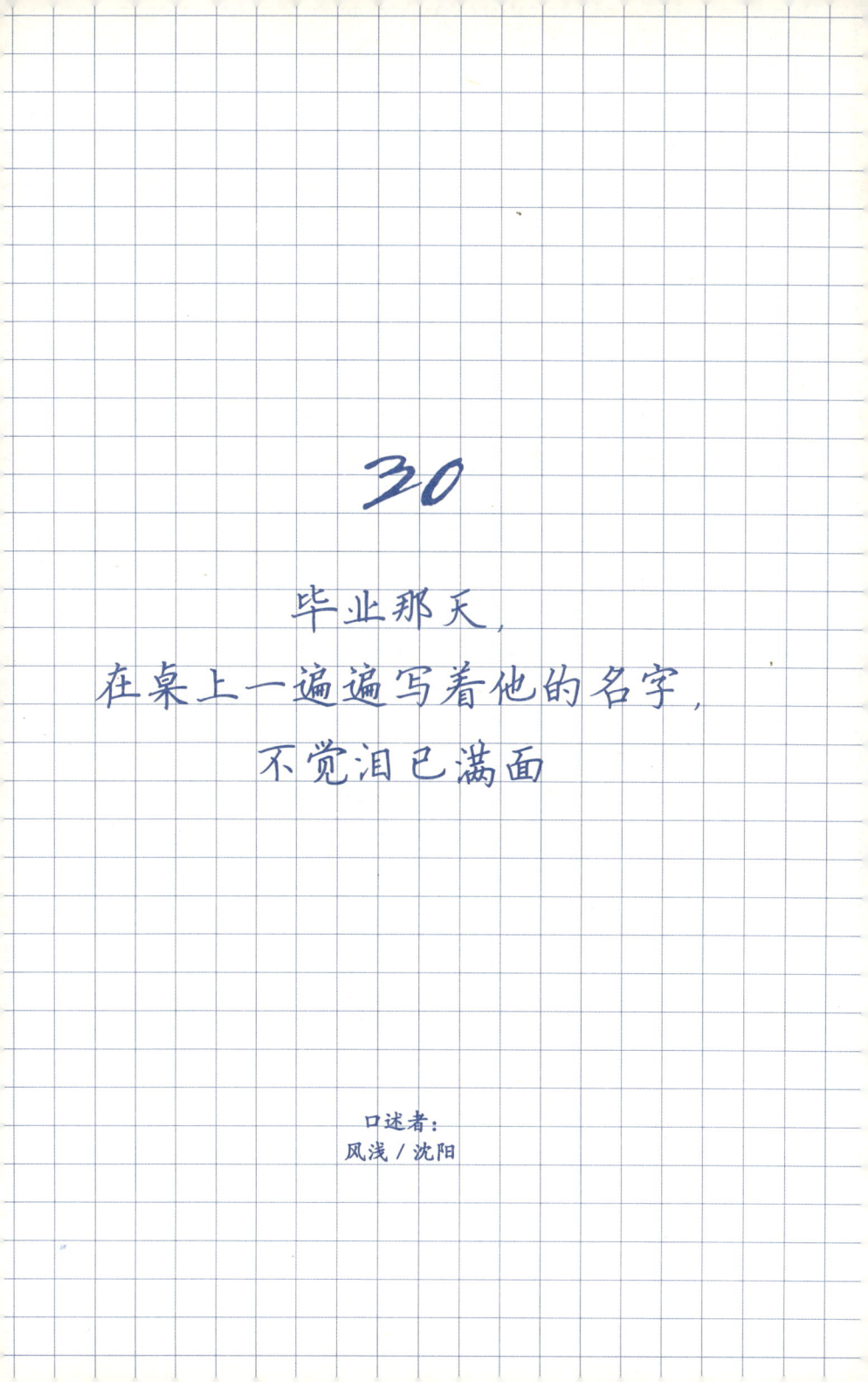

毕业那天，
在桌上一遍遍写着他的名字，
不觉泪已满面

口述者：
凤浅 / 沈阳

在我的生命中，他一度是最耀眼的存在。

但也就是因为他的耀眼，普通到好似一颗土豆的我根本不敢接近他。

每次在校园里碰到，我都会下意识地躲在他看不到的地方，然后静静地看着他从我眼前走过，连大气都不敢出一口。

每次值日的时候，我都会磨磨蹭蹭地拖到最后，等到别人都走光了，我就会小心翼翼地坐到他的位子上，看他记的笔记，看他课本上画的小人兵，只是这样一点的接触，已经让我感到满足。

后来无意间听到他跟别的男生说他喜欢漂亮、身材好的女孩，打那以后，我就下定了决心要减肥，后来干脆每天都不吃午饭，把钱省下来买那些最贵的化妆品了。

只可惜，土豆再瘦，抹再多的化妆品，也还是一颗土豆。他的目光，始终没有停留在我的身上。

毕业那天，我也是最后一个走的。空无一人的教室里，我坐在他空空荡荡的位子上，在桌上一遍遍写着他的名字，不觉泪已满面。

我知道他只把我当妹妹看。

31

他没听见我的低声表白，
从我身边匆匆而过，
越走越远

口述者：
抹茶咖啡 / 昆明

我人生的第一场暗恋，概括起来就是九个字：我认识他，他不认识我。听起来挺凄凉的，但当时却一点儿也不觉得。

他喜欢踢球，我就每天站在操场边上看，等到他们快结束的时候，飞奔着跑去把买好的面包和水偷偷放在他自行车的车筐里。

回去的路上，想象着他看到这些东西时的迷惑表情，就忍不住偷笑。

还有一次，我假装肚子痛不去做操，等到人都走光了我就偷偷地跑进他们班的教室，寻觅所有与他有关的东西，有他名字的草稿纸，他写的那页班级日志，甚至是贴在门上的座次表……

明明是很不道德的行为，却因为他而变得理直气壮。

后来他要毕业了，我为此难过了好久。他参加高考的最后一天，我早早来到考场外面，等了一个多小时，终于看到他从里面走了出来。

"我喜欢你。"我们擦身而过时，我喃喃低语。

他没听见，从我身边匆匆而过，越走越远。

32

你说，你有女朋友了。
我说恭喜，继续安静地听你讲
述和她的点点滴滴

口述者：
青青马 / 苏州

QQ列表里你的头像闪动，第一句话总是"在么"。犹豫了一下，还是发了一个微笑的表情。你问起我的近况，我逐一回答，偶尔询问你的情况，你只推说很好。一些简单到不能再简单的话，但是你知道我多期待这样对话吗？你说起网游，我不懂，但还是耐心听你说完，甚至多想每次都能与你谈一些能够让你神采飞扬的内容，可又怕话题说完了，只留下热闹过后的空虚。

你说，你有女朋友了。我说恭喜，继续安静地听你讲述你和她的点点滴滴。

你们牵手、拥抱，那些曾经发生在梦里的属于我和你的情节，在别人身上上演。梦里，你知道那时候的我有多欢喜，但是梦醒了，一切都是空的。

你说，你爱她。

而我爱你，时间越长，爱就越深，我有多爱你，现在的我就有多失落。我承认我被动，是因为在还没来得及告诉你的时候就已经失去了机会。

而我改不了，那份依旧默默爱你的心情。

33

后来，我们有了在一起的机会，
可是他和高中时真的不一样了

口述者：
猫脑袋 / 乌鲁木齐

他明知道我暗恋他，还答应我，陪我去看我最喜欢的《哈利·波特》。

兴奋的我把这当约会，第二天提前半个小时就到了，可他最后却说，他把我当妹妹看。

也许在他心目中，我鼓足勇气做出的邀请，也只是一个妹妹撒娇般说出的胡言乱语。

虽然我很伤心，可是还是没法不喜欢他，只好满足于这小小的暗恋里，忍不住偷拿他的一寸照片，偷他的草稿纸。

等我上了大学，终于放下了这段感情。

这时，他却说喜欢我，一直以来都保存着我送他的每一件东西，还故意在别的女孩面前对我做出亲昵的举动，让我无辜被瞪。

他和高中的时候真的不一样了。

34

记忆里喜欢的那个少年,
就让他永远停留在那里吧

口述者:
itimefly / 深圳

220

我和他是从小一起长大的青梅竹马。小时候,他弄坏了我小熊公仔上的小铁环,我要他赔我10块钱,他挨了一顿打才从他妈妈那里要来了钱,心不甘情不愿地给了我。那张旧版人民币现在还好好地放在我的抽屉里,不知还能不能用。

我从小就总买他喜欢的小说书。他妈妈管得严,不许他买杂书,于是我买完之后总是假装不经意在他面前拿出来看,再大大方方地借给他。

每本被他借过的书我都有包好封面、整理在书柜上。

我在网上用的账户,几乎所有的密码都包含有他名字的缩写,用了太多年,已经改不过来了。

为了不总是想起他,曾经试过换密码,没过几天就忘了是什么了,最后还是想方设法地改了回去。

同学聚会的时候,考虑了好久要穿什么衣服、怎么搭配、什么风格他喜欢、发型如何如何……可是当他带着女朋友来的时候,我忽然就释然了。

记忆里我喜欢的那个少年永远在记忆里,那就让他停留在那里吧,现在的我们都需要继续往前走,即使没有交集,也总会在某一个角落默默祝福着对方。

35

分手以后,
沿着他的路线回家,
坐到他家那站之后再独自坐回家

口述者:
chris 能能 / 广州

分手第144天，我还是忍不住地喜欢着他。

每天改在四楼看他打球，远远看着他，明明很关心但不能再像以前那样亲密了。

怕他跌倒被人撞，在别人看见的时候，还是故作不在意不关心的样子；

要是他跌倒了，还要故意笑得春风得意，说我就知道他一定会摔倒的，心底却恨不得冲下去问他疼不疼；

放学的时候，不自觉跟着他的路线回家，坐到他家那站下车，再过马路换一趟公车回自己家；

下课时偷买了水，趁他不在的时候放他抽屉里，写上自己的名字却又仓促地划掉……

半夜里睡不着，拿着手机打他的电话，只是想听他说"喂"。听到他的声音，眼泪立刻就要掉下来，难过得更是睡不着了。

每天都会祈祷和好，祈祷不要再吵架，祈祷早上坐车可以遇见他。可是真遇到的时候却惊慌失措，落魄而逃，甚至一路狂奔。冬天快到的时候依旧如约为他织了围巾，叫朋友转送给他。

失恋后再苦苦暗恋，有我这么笨的人吗？

36

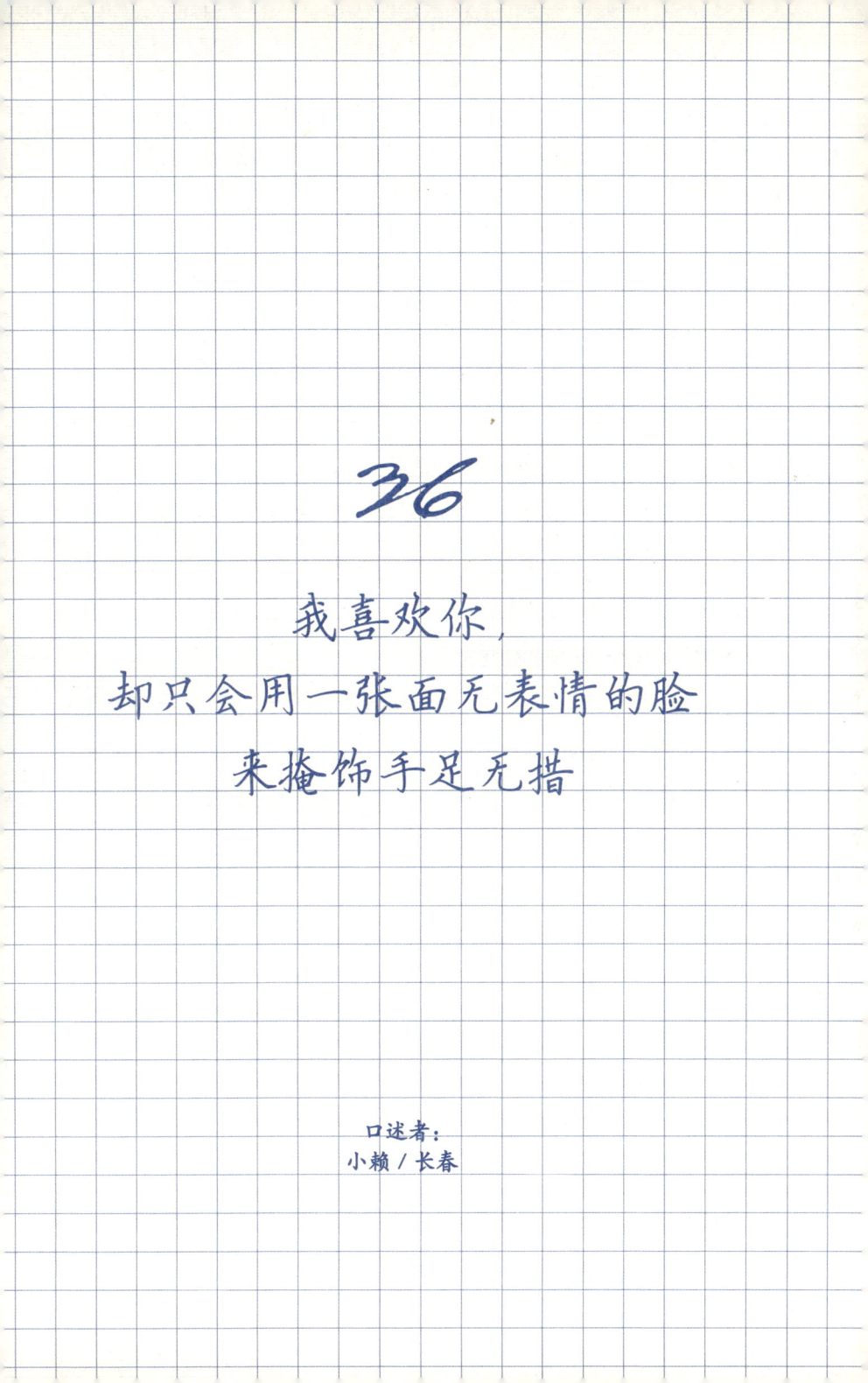

我喜欢你,
却只会用一张面无表情的脸
来掩饰手足无措

口述者:
小赖 / 长春

224

我曾暗恋过一个喜欢自己的人，可同学起哄说他喜欢我的时候，我却死也不敢承认自己也喜欢他。

他每天放学时都会等我和死党回家，一路送我们回去的时候，死党都和他有说有笑，我却连半句话也不敢说，连偷瞄一眼都不敢，到最后甚至让他来恼怒地问我是不是讨厌他。

直到他慢慢地喜欢上了我的死党，我一边心痛一边帮他追死党，还笑着说一定别忘了谢媒酒，回家后却抱着枕头放声大哭。死党是个很好的人，至今还觉得愧疚，到后来他俩分了手，让我总觉得欠了他们俩什么似的，渐渐和死党疏远了。

到后来上了大学，以为自己成熟了敢爱了，谁知道再次碰到喜欢的人依旧那么傻那么冷淡，每每鼓足勇气站到他面前，却连话都说不出来，只能用一张面无表情的脸来掩饰自己的手足无措。

我真是天下最大的笨蛋。

我们曾经一起上课，一起吃饭，一起在茶社里通宵玩杀人。

但是现在，从南京到北京，谷歌地图告诉我，我们之间隔着1043公里。

现在的他偶尔会给我发短信，只是偶尔而已。

即便如此，我还是小心地保留着他发来的每条短信，记着他曾经对我说过的每一句话，每天晚上躺在床上看着天花板，想他在异乡过得好不好……

在QQ上，他总说：老同学有机会出来聚聚啊。我每次都应他说：好啊好啊。可是春去秋来，这个"有机会"，我始终也没等到。

37

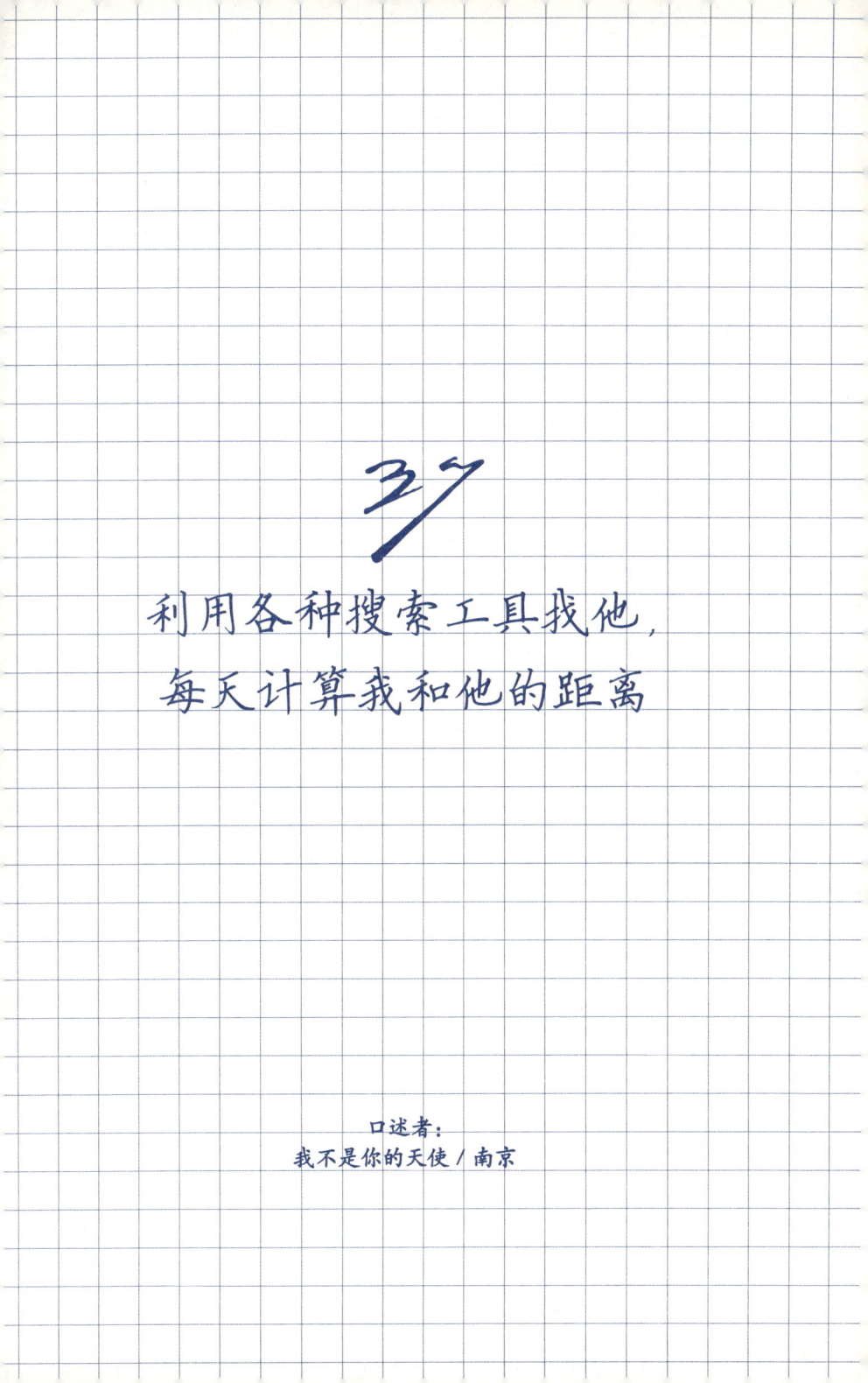

利用各种搜索工具找他,
每天计算我和他的距离

口述者:
我不是你的天使 / 南京

我只能在百度、谷歌上一次又一次地输入他的名字、常用的网名，寻找他留下的痕迹。

三月的时候他拿了校奖学金，六月的时候他的论文发表了……这些事，他没有告诉我，但我都知道。

我每天、每时、每刻都在想着他，那么他呢，有没有那么一瞬会想到我？

38

其实暗恋没什么,
可怕的是有一天
忽然失去了勇气

口述者:
鸟爪子 / 南京

我开始观察和模仿他女朋友的样子。

比如，护理我杂草似的头发，打算等它长长了以后烫成漂亮的波浪；比如，买一些淑女的衣服，让自己在他面前显得女人味浓一点。

我似乎不经意地认识了他身边的同学朋友，细言细语地同他们讲话，并打听一些关于他和他女朋友的消息。

我买了部相机，随身携带。在他经常出入的地方蹲点，像狗仔队一样偷拍他，幻想他们在一起的时候会做什么样的事。

他朋友生日的时候，邀请我去参加Party，他自然也在。

那个朋友介绍我与他认识，曾在心里想过多少次如果见面会是怎样的场景，是大方地打招呼还是自然地微笑。可是最后到了他面前就变得非常地忸怩和紧张起来，顿时失去了语言能力。

其实暗恋没什么，可怕的是没有爱下去的勇气。

39

直到现在，想到他，
还是会不由自主地眼睛发酸

口述者：
七喜儿 / 南京

那天的我鼓起勇气，准备向他告白。

篮球场上，他的队友把球传了过来。他正准备做出决胜性的一投，我在心里默默祈祷：只要投进去了，我就对他说喜欢。

此时，对方的队员却故意利用自己的身躯，把他撞倒在地。整个过程犹如慢动作般，他在我面前缓缓倒下，骨头破碎时发出的声响，是我一辈子的梦魇。

我身体一动也不能动，只能眼睁睁地看着他被工作人员用担架抬了出去。

后来听朋友说，他要切开腿上的肌肉，把碎骨头一块块取出来。这句话，直到现在都可以列为最令我震撼语句前三名。

在他做完手术住院期间，我借着自己是班长的权利，每天都去医院帮忙。

有一天和他妈妈聊天时，得知他前一次手术不完全，还要再开一刀。

我自己也不知道怎么回事，整个人瘫倒在椅子上，哭得不成人形。

不止因为他的手术，更因为那次之后我再也没有机会对他说喜欢。直到现在，想到他，我还是会不由自主地眼睛发酸。

40

大概是上天注定
不要我们在一起吧,
连这点小念想都不肯给我

口述者:
大红豆儿 / 茂名

  他知道我喜欢他，所以经常看到我就避开。我知道他不喜欢我，所以我也从来不强求能得到他的青睐，甚至是与他成为朋友。

  我是别人眼中的疯姑娘，在学校认识的人很多，各个年级都有。他比我高一级，我也认识很多他的朋友。我总是装作不在意地去他们班找别人聊天。司马昭之心路人皆知，那些认识的朋友也都会装作不经意告诉我他的事情。他坐在哪里，几点到校，家住哪里，习惯爱好什么的。

  我家离学校很近，有天早上，心血来潮早早地跑到学校，因为是冬天，天还没很亮堂。我想拿一样他的东西，作为收藏。摩拳擦掌，准备打开教室在走廊的窗户翻进去。Kao，那天竟然有人锁了窗户。

  我想，大概是上天注定不要我们在一起吧，连这点小念想都不肯给我。

41

我们其实从来就没有真正开始过

口述者：
slowsun / 重庆

不记得是谁说过，暧昧是一场呼啸而过的天花乱坠。我和他的关系也是这样，不明不白，傻傻分不清楚。我对他的喜欢，变成了一次次状况百出的马拉松。最幸福的事情就是在QQ上和他说话，可后来，他渐渐不怎么说话了。如果他不作声，我会以为他在和别人聊天，或者因为没有耐心和我说话去打游戏了。

虽然他即便那么做也没有错，可我会莫名其妙地生气和烦躁。

每天睡觉时，躺在床上就会回想他当天说过的话，肆意揣测他的含义。

我发现自己变得很疯狂，甚至有时候平静下来，会觉得有点变态。

每当他不和我联系的时候，我又会情不自禁地觉得他对我开始冷淡，哪怕我们其实从来就没有真正地开始过。

也许他真的当我是一个喜怒无常的小丑吧，在自己搭建的舞台上做自己的主角，台下却没有观众。

42

如果做朋友是爱你的唯一方式，我愿意背负起所有心碎

口述者：
木瓜狗狗 / 北京

当年的我不懂什么叫做暧昧，只知道我和他无话不说，形影不离。我总能猜到他的心思，他说的话做的事也总是那么合我的心意。很怕以后，再也遇不到这样默契的人，就勇敢地向他表白了。他也说害怕再也遇不到我这样的人，可他说我们之间不是爱情。

我很迷茫，如果这样都不算是爱的话，什么样的感觉才算是爱呢？他没有告诉我答案，只说想跟我做一辈子的朋友。而就是我这个"朋友"，居然在我22岁生日的那天，在网上公布他写了一首送给我的歌，朋友们都误会我们在一起。喂，我已经决定为了他不再去界定什么喜欢与爱、什么情人与知己了，他却还来挑逗我！

也许是他太了解我了吧，我还没说什么，他就开始跟我聊星座。他说，风向星座的人都是云淡风轻的，他那个水瓶座和我这个双子座都会是这样。

我明白了，他的意思是我们之间的关系也应该像风一样淡淡的，就对了。

当年的我困惑不已，不明白他既然不想让我做他的女朋友，又何必为我写歌让别人误会？别人在毕业的时候都开心得要死，只有我因为这件事难过得要命。

后来，我听到一首歌，房祖名的《假动作》，那歌词字字句句唱的就是当年的自己呀。

如果做朋友是爱你的唯一方式，我愿意背负起所有心碎，做你的知己。

43

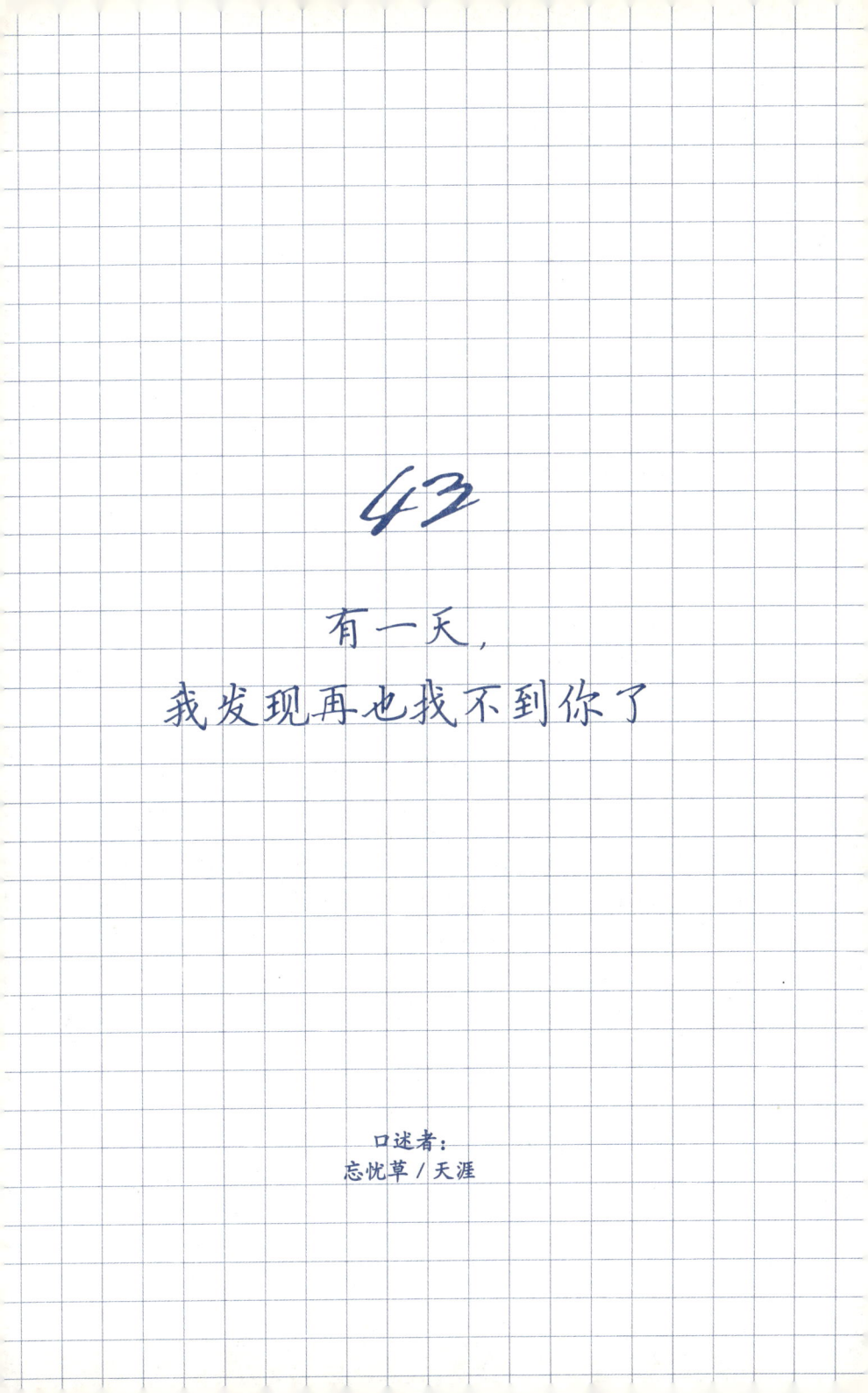

有一天，
我发现再也找不到你了

口述者：
忘忧草 / 天涯

我喜欢你，喜欢到希望自己能变成木头人，再不会思考，再不会想念，再不会主动和你联系，再不会担心你开心不开心，再不会害怕你生气，害怕失去你，再不会记得你的生日，你的眉眼，你的语调，你的气味。我常常这样想，要是你也喜欢我就好了，或者你也像我喜欢你这样喜欢我好了，但是好像不可以呢，我常常这样想，你要是喜欢我，我该怎么办呢，要怎么办呢，我收拾好的心要怎么办呢。

虽然没正式交往过，但是我习惯把你当成我的初恋，以前没想过，没牵过手也可以算作初恋呢，以前从没想过，喜欢一个人是这样的，心里满满的都是你，胀得酸疼酸疼的。以前从没想过，有一天我也可能找不到你，我要哪里去找你呢？以前从没想过，失去你后，我要怎么去喜欢其他人。

我想起来小时候那个游戏，小孩子一起喊，1、2、3，木头人，然后大家都不再动，不再说话，不再笑，维持最后的那个表情，坚持到最后就是赢家，如果我们的感情是个游戏，那你一定是赢家了，我是总忍不住要招惹你，对你笑，和你说话。但是，为什么输的人总是我呢，难道你不知道我喜欢你吗？难道不知道，我会痛吗？

44

两个人的相遇只差0.0038秒，
早一点或晚一点，
两人都会擦身而过

口述者：
刹那芳华 / 福建

爱一个人需要勇气，更需要运气。

我真的喜欢你，闭上眼，以为我能忘记，但流下的眼泪却没有骗到自己。

生命中总有一些人与我们擦肩了，却来不及遇见；遇见了，却来不及相识；相识了，却来不及熟悉；熟悉了，却还是要说再见。

无论如何，说出喜欢的人比不说出的勇敢。

想你的时候有些幸福，幸福地有些难过。

当你愿意为一个人做傻事时，说明爱情能量趋近满格了。

想念，不是坐着想，而要行动，只有你积极去寻找，才能找到那个正在喜欢着你的人。

世界上没有任何东西可以永恒。如果它流动，它就流走；如果它生长，它就慢慢凋零。

最幸运的事，就是你爱的人恰巧也爱着你。

既然喜欢，为什么不说出口，有些东西失去了，就再也回不来了……

最后知道不可能的时候，才能真正的放手吧！

总要碰到一些美好的邂逅，错过一些华丽的交织，才会明白回忆永远比拥有更美。

伤心的时候找个信任的朋友诉说一下，不要一个人默默承受，这只会更添寂寞与忧伤。

难过的是，当我遇上别的男子，我只在乎他身上有你的影子。

错 过

一句说出口的"我喜欢你"胜过十句闷在心中的"我爱你"。

我相信我爱你。依然。始终。永远。

对自己好点,因为一辈子不长;对身边的人好点,因为下辈子不一定能遇见。

45

曾经喜欢过的人,
永远葬在了那时那景,
而我们自己, 就是它们唯一的
守陵人

口述者:
半夜吃德芙 / 南京

每一个别人都是另一个自己。原来世界上有那么多相似的无疾而终的爱情；原来那么多人都在傻傻地兜圈，只为创造一个又一个"偶遇"；原来那么多人都在爱着好哥们，帮他们嘘寒问暖追回女友也只为了能多那么一点儿在一起的时光；原来那么多人都会为了某个人而上线，他的签名变化决定了自己心情的阴晴圆缺；原来那么多人都会为了和自己爱的人趋同而狠心地改造自己，甚至为了成为那个被他喜欢的人而付出所有都在所不惜。

想起我的朋友，她把她喜欢的男孩发给她的短信都存起来，甚至工整地抄在笔记本上；想起我的朋友，不管她多么厌恶文字，依然为她喜欢了很多年却无缘在一起的男孩写了封信，一封从未寄出的信。我想说，那是我见过的最好的回忆录，因为都是真情实感；想起我的朋友，为一份得不到的感情纠结良久，多年以后仍不肯接受"遗憾也是一种美"的说法……

忍不住想想自己。很长的一段时光，我都喜欢我的一个同桌。后来很多年，每到我没有勇气完成一项任务时，我就想，有他在我心里鼓励我，于是就有了战胜困难的勇气。后来出现了很明朗的人，但是因为各种原因他最终也不过是我喜欢过的一个人，可是在一两年的时光里，听到他名字的昵称或者他求学过的城市，我就有很奇怪的感觉，还好如今已释怀。

再后来，又有了新的喜欢的人，想收集他的声音，却没有机会，曾经听过他唱的歌曲，再听原版都会听不下去，因为满脑子都是他的声音。甚至还疯狂迷恋过某位演员演的电影。不管多烂的剧情我都看，只为了那个稍微相似的下巴和嘴唇；还有曾经喜欢过的人，虽然明确知道他不喜欢我，可是还是迟迟不肯删掉他发来的电邮，总是一遍又一遍地看，想找出当时喜欢他的那份心情。

看了这本书，就看到了记忆里的傻傻的自己。从来没有把喜欢说出口过。我太怕如果说了，朋友都没得做。于是心底埋了那么多个暗恋。如果把每一个暗恋都看作是一颗花的种子，想必我的心田已然鲜花满园。真正暗恋过的人才知道，暗恋是多么伤人的事情。它有时候又像是毒药，一方面想戒掉它，另一方面又忍不住饮鸩止渴。人终究是个善变的无奈的情感动物啊。

也许很多人都会在多年以后发出感叹：他不是当年的他了，他不帅了，他世俗了，他……扒拉扒拉一堆缺点。那么不禁要问，当初喜欢他什么呢？一句物是人非就把所有的记忆撕成了碎片。其实谁都明白，我们的大脑是座坟墓。曾经喜欢过的人，永远埋葬在了那时那景。而我们自己，就是它们唯一的守陵人。

暗恋在爱情里，永远是一朵不结果实的花，它的美丽止步于观赏。

后记 *Stories I Never Told You*

如果给你一台时光机,你还有勇气回去吗?

完成《我喜欢你,你知道吗》最后一篇爱情的那一刻,我再次仰起了头,夜已深,在这个凌晨4:30的时刻,眼中蓄满了感动。

窗外,对面大楼只有几户还亮着昏黄的灯光,都是都市寂寞的人。

我养的两只奶牛猫也已过了夜猫子时间,与女友一起沉沉进入睡眠。手边的茶早已凉了,抿一口,有点苦。

在这安静的夜,我想找人说说话,拿起手机翻看号码簿,从a到w,最后停在了那个曾经熟悉到每天都会拨打的号码上,选择信息,敲上四个字:你还好吗?

最终,没有发出去。不用发信息,我也知道,她现在一定过得不错,新婚的她现在正依偎在爱人的怀中,轻轻地打着鼾吧。

看着她穿上嫁衣，画了很浓的妆，戴着长长的假睫毛望向我的方向，灿烂地笑，仿佛在用笑容告诉我，她一定会很幸福。

可那时候我的心却凉凉的，仿佛缺了一块，从此少了什么去惦念。

我的初恋很平凡，与这本书里的任何一个爱情相比，都没有那么汹涌澎湃过。在小学四年级的时候，我从南城搬家到北城，住进京剧团大院，那是一个由四座六层楼围成的四合院，院子的外面都是平房。四合院的中央有一棵百年老树，枝叶繁盛，每天都听到有人在树下唱着京剧段子。而我第一次来这儿，从搬家车上下来就看到一个女孩在踢毽子玩。

她穿着红色的短袖，扎一条马尾，很是精神，我呆了呆，她也注意到我，我对她点点头，她迎着阳光眯着眼冲我笑。

进了新学校，发现那个女孩和我一个班，老师们让大家挨个对我自我介绍，我仅记住了她的名字。后来才知道，原来她就住在我家楼下的平房。

她喜欢看漫画，也很会画漫画，家里有许多漫画书，我第一次看的漫画书《圣斗士星矢》就是她借我的，我买的第一套漫画《橙路》是为了借她看的。

她就像一个体操健将，每次来我家玩，如果大人不在，她都会大着胆子跳上位于三楼的我家阳台，在一脚宽的台子上将两手伸平，像走平衡木一般来回走，看得我目瞪口呆。

后 记

每天早上和中午,我总是趴在窗户上看她在她家门口翻跟头、倒立、跳皮筋,直到她背上书包准备去学校,我才会匆匆背起包跑下楼,然后喊住她一起走。

久而久之,同学们都笑我们从来都是一起上下学。我听了暗暗高兴,她却无所谓,对流言蜚语看得很开。

快中考前,她家那一排平房写上了大大的"拆"字,她同父母是那一片区第一批搬迁户。

她走的那天我没有去送,闷在房中写试题,实则在用walkman听音乐。

直到高中报到那天,我远远的,一眼就看到了站在榜单前的她。

她剪了一个齐耳的蘑菇头,我看着她哈哈大笑,她伸伸舌头,又眯着眼睛对我甜甜地笑。

她在一班我在二班,看着我们俩的名字都在班级的第一位,并列在一起,应该是很高兴的事,但是却在两个班的榜单上,也就是说未来三年我们不在一个班了,有些小小的失落。不过还是很快就高兴起来,至少我们又能天天见面了。

她开始画漫画,我开始写童话,这样,我们恢复了小学形影不离的状态。

她每画十页的故事就给我欣赏,我每写一个章节就让她阅读。

后来,她迷上了席娟,就开始写小说,我迷上了鸟山明,就开始画漫画。

高二那年，我家四合院的墙壁上也被画了圈，院中的大树被残忍地砍去，从此，再也听不到有人在楼下咿咿呀呀地唱了。

其他三面的房子轰轰轰地都塌了，最后我家这一栋却保留了下来。

她听了这个消息很高兴，时不时来我家阳台走一圈，而我是越长大越不敢去冒这个险了。

晚上，我如果想她了就打电话给她，也没话可说，就只有功课可以聊，或者问问公式或者对对答案。以至于才装的头两个月，一交电话费就会被父母责怪。

一天我没带生物课本，就找她借，翻开来一看，每一页都是她用圆珠笔画的漫画，我看得正开心，就发现她的书中夹着一张写满了字的餐巾纸，我打开一看，写满了"喜欢××"，当然那个××不是我。

还她课本的时候，我对她轻轻说了句"再见"。

不知道那时的我脑中在想什么，反正说完了转头就走，不管她在我身后如何叫我，我也不回头，一头钻进教室，趴在桌子上把头埋在手臂中，只想将脑袋放空。

放学时，她在校门外等着我，手中拿着那本生物书，我看了只觉晃眼，加快了脚步，还是被她拦下。

她说：那不是我写的。

我诧异地看着她，她咬着下唇扭头看向其他地方的模样让我觉得很可爱。

现在想想，为什么那个时候没有对她说过"我喜欢你"呢？后来

后　记

同一个同样80后的女作家谈这段往事时，她说：大约那时候的你们都已经默认了喜欢，所以就不说了吧。

我觉得不是，可能是因为两个人太熟了，倒忘记了原来还是可以喜欢的。

高考那天，我们被安排在同一个学校考试，她的爸爸和我的妈妈都顶着个太阳在考场外面和我们一起度过黑色的七月。

考试结束后，我们在QQ上互相祝福了考上好大学的愿望。我问她日后想做什么，她说做翻译，日语翻译。我说不画画了？她说她妈妈发现她画一张就撕一张，很不支持，就算了。

高考后，我们去了不同的城市上大学，和她就渐渐少了联系。

那几年，女友换了几个，从喜欢到爱都说得习惯了，但是还是没有对她说过。

一次我坐公交车，红灯停的时候我转头，看到她在并排的公交车上坐着，我赶紧打电话，她看到我后，对着话筒说：真像偶像剧中的情节啊。

我对她招手，她也对我招手，心中暖暖的，有一个念头浮上我的心头。

我突然觉得，也许我们一辈子就是青梅竹马，不可能成为恋人了。朋友的感觉，挺好。

我在外地工作，远离了家乡，和她打电话发短信就是工作外最大的爱好。

每年我会回家两次，都必然会叫她出来唱K玩游戏机。

那一年，她带了一个男生，高个子厚眼镜一看就是个知识分子，我笑：终于情窦初开了啊。

她眼睛眯成一条缝对我笑道：是啊。

那天晚上我翻转难眠，有些难过，有些不舍。掏出手机给她短信：你幸福吗？

她回我：你幸福吗？我想了许久，发过去：和你在一起，就幸福。她久久没有回我。我合上手机，心中骂着自己怎么发这么露骨的短信，希望短信出问题她没有收到。

第二天打开手机，收到她的短信：如果给你一台时光机，你还有勇气回去吗？

我说：有。

隔了一个多小时，她回：我没有。但是谢谢你有勇气回去。

后来的故事写到她结婚为止，她这本书就此合上，如果不是因为策划《我喜欢你，你知道吗》这本书，看了这么多纯纯的爱情，我也不会有勇气再次翻看。

现在的我也有了愿意陪伴我一生的女友，她说她要陪我去看世界，我说这一生，就牵着她的手了。

初恋，之所谓初恋，就是一段在年轻时最美好的记忆，像一张粉

后 记

粉的书签，夹在了生命的回忆录中，在特定的时候拿出来看一下，酸酸的涩涩的纯纯的，舍不得扔，又没有勇气多看几眼。

最伤感的记忆，总是定格在说我喜欢你的年纪，所以还是会暖暖的。希望看完这本书的每一个男生女生，都能在阅读它的时候找到属于你的爱情的摩尔斯密码，如果还没有对身边的Ta说过喜欢，那么就请大声地小声地偷偷地暧昧地对Ta说一次吧。

有些人注定是等待别人的，有些人是注定被人等的。

现在,
我想讲一个
你和我之间的
故事。

Stories I Never Told You

图书在版编目(CIP)数据

我喜欢你,你知道吗? / 神威著. —北京:中国友谊出版公司, 2017.3
ISBN 978-7-5057-3955-0

Ⅰ.①我… Ⅱ.①神… Ⅲ.①故事-作品集-中国-当代 Ⅳ.①I247.81

中国版本图书馆CIP数据核字(2016)第321705号

书名	我喜欢你,你知道吗?
作者	神 威
出版	中国友谊出版公司
策划	杭州蓝狮子文化创意股份有限公司
发行	杭州飞阅图书有限公司
经销	新华书店
印刷	杭州钱江彩色印务有限公司
规格	880×1230 毫米　32开 8.25印张　166千字
版次	2017年3月第1版
印次	2017年3月第1次印刷
书号	ISBN 978-7-5057-3955-0
定价	38.00元
地址	北京市朝阳区西坝河南里17号楼
邮编	100028
电话	(010)64668676

咪咕数字传媒有限公司简介

咪咕数字传媒有限公司（Migu Digital Media Co.Ltd.，简称咪咕数媒）成立于2014年12月18日，是中国移动旗下开展全媒出版、智能语音、手机报业务的专业公司。

咪咕数媒的前身中国移动手机阅读基地，于2010年5月正式推出手机阅读业务。2015年，咪咕数媒全网收入达60亿，累计培养了4.5亿用户的数字阅读习惯。截至2015年底，咪咕阅读业务平台汇聚了近50万册精品正版图书内容，涵盖图书、杂志、漫画、听书、图片等产品，同时打造了规模达5000万用户的手机书友悦读会，每年在全国200多个城市举办超过700场名家活动。咪咕数媒也是国内极具影响力的手机新媒体平台，合作媒体超过300家，手机报品类达200余种。

咪咕数媒（手机阅读基地）一直积极营造开放合作的产业生态，目前已有各类合作伙伴超1000家，有力撬动了整个产业链的发展。2016年4月，咪咕数媒举办了第二届中国数字阅读大会，吸引了各界政府、产业精英和社会群体的高度关注，同时推动《中国数字阅读白皮书》和"十大数字阅读城市"发布，有效推进书香城市建设和全民阅读落地，引发了CCTV《新闻联播》、新闻频道《新闻直播间》栏目的报道。

咪咕数媒敢于创新，顺势调整，并根据市场形势和自身实际情况，提出了"三全三者"企业使命，即要做"全媒出版的创新者，全民阅读的践行者，全新知识的传播者"。

◆ 面向产业，做全媒出版的创新者，致力于通过"五大环节（内容创作、产品研发、运营推广、便捷支付、衍生拓展）"及"五位一体（纸质出版、电子出版、有声出版、视频出版、衍生出版）"模式，打造规模大、内容优、价值高、互动强的全新产业链。

◆ 面向社会，做全民阅读的践行者，积极响应国家号召，助力推动全民阅读的落地。开展"悦读中国"、"悦读会大家"、"书香E阅读"等活动，拓展、丰富数字阅读领域，提升广大人民群众精神文化消费水平。

◆ 面向用户，做全新知识的传播者，以传播优秀文化和助力传统媒体转型为使命，创新知识传播方式，从传统数字阅读拓展到有声阅读、电纸书等全新内容形态，富媒体展现，优化用户的阅读体验，扩大用户获取新知识的选择面。

咪咕数媒创新文化传播业态的做法得到了各级政府和领导的肯定，先后获得了国际产权组织版权金奖（中国）、第三届中国政府出版奖、第四届中国数字出版博览会"数字出版年度示范企业"、浙江省委宣传部"全民手机阅读基地"、浙江省重点创新团队（文化创新类）、希望工程2015杰出贡献奖、浙江省版权最具影响力企业、全国互联网百强企业等荣誉称号。

咪咕数媒大事记

2009年2月
中国移动手机阅读基地正式启动建设，组建基地团队。

2009年8月
浙江省联合江苏、广东、山东等十省启动试商用规模推广，总部正式批复浙江公司成立手机阅读创新产品基地。

2010年5月
在北京召开"掌中万卷品书香"中国移动手机阅读业务上市发布会，业务正式商用。

2010年6月
中国移动手机阅读献礼建党90周年，启动"读经典 感悟人生"大型红色阅读活动。

2011年2月
手机阅读月收入突破1个亿。

2011年7月
新闻出版总署和中国移动签署战略合作备忘录，并发布"新青年掌上读书计划"。

2012年4月
举办"悦读中国"大型移动互联网读书活动启动仪式暨手机阅读高峰论坛。

2012年11月
手机阅读月访问用户突破1个亿，月收入突破2个亿。

2013年1月
全网手机报业务纳入手机阅读基地整体运营。

2013年12月
中国移动发布商业主品牌"和"，手机阅读业务更名为"和阅读"。

2014年1月
在北京举办2014中国数字传媒和阅读产业创新大会。

2014年12月
手机阅读基地注册成为咪咕数字传媒有限公司。

2015年4月20日
咪咕数字传媒有限公司正式挂牌，启动运营。

2015年4月21日
举办2015首届中国数字阅读大会，发布2014年度中国数字阅读白皮书。

2015年10月
"和阅读"正式更名为"咪咕阅读"。

2015年11月
咪咕数字传媒有限公司进驻全新办公场所——西溪银座，办公面积1.5万平方米。

2016年4月12日
举办"大咖星之夜——咪咕阅读互联网文学年度盛典"。

2016年4月13日
举办2016年度中国数字阅读大会，发布2015年度中国数字阅读白皮书。

扫我下载
咪咕阅读客户端